三人のメリークリスマス

エマ・ダーシー 作

ハーレクイン・プレゼンツ 作家シリーズ 別冊
東京・ロンドン・トロント・パリ・ニューヨーク・アムステルダム
ハンブルク・ストックホルム・ミラノ・シドニー・マドリッド・ワルシャワ
ブダペスト・リオデジャネイロ・ルクセンブルク・フリブール・ムンバイ

MERRY CHRISTMAS

by Emma Darcy

Published by Harlequin Japan, a Division of K.K. HarperCollins Japan, 2024

エマ・ダーシー

オーストラリア生まれ。フランス語と英語の教師を経て、コンピューター・プログラマーに転職。ものを作り出すことへの欲求は、油絵や陶芸、建築デザイン、自宅のインテリアに向けられた。また、人と人とのつながりに興味を持っていたことからロマンス小説の世界に楽しみを見いだすようになり、それが登場人物を個性的に描く独特の作風を生み出すもとになった。多くの名作を遺し、2020年12月、惜しまれつつこの世を去った。

1

「ニック叔父さん？　クリスマスプレゼント、なにがいいかってきいたわよね？」

キンバリーの挑戦的な口調に、ニックは不吉な予感を覚えた。十二歳になる姪《めい》はすでに、思春期の少女並みの気むずかしさと扱いにくさをそなえている。日曜日のブランチに招いたレイチェルがやってくると、すねて部屋に閉じこもったきり出てこなかったのに、ふいにバルコニーの戸口に現れて切り出したのだ。きっと無理難題を要求してくるに違いない。

レイチェルが音をたてて新聞を置いた。少女のご機嫌を取り結ぼうと、彼女がにっこりほほえみかけたのは見なくてもわかる。むだな努力だと、ニックは憂鬱《ゆううつ》な気分で思った。

「本当のお母さんに会いたいの」

ニックはショックに打ちのめされそうだった。心臓が早鐘を打ちはじめ、頭はヒューズが飛んでしまったかのようだ。新聞を両手で持って顔の前に広げていたのは幸いだった。最初の衝撃もおさまり、しだいに思考力が戻ってきた。

本当のお母さん？　かまをかけているのだろうか？　それとも単なる空想なのか？　あるいは事実を知っているのだろうか？　顔を見なければ、なんとも判断がつかない。ニックはいぶかしげな表情を作り、新聞を下ろした。「今、なんて言った？」

鋭いグリーンの瞳が、ニックの虚勢をせせら笑っているようだ。「わかってるくせに。ママとパパが死んだとき、弁護士さんから聞いたはずよ。知らないで、私の後見人になれっこないじゃないの」

ニックはそれでもまだ用心深くとぼけたふりを続

けた。「僕がなにを知ってるっていうんだい、キンバリー？」

「私が養女だってことよ」

ニックは狼狽《ろうばい》した。キンバリーは知っている。でも、どうしてわかったのだろう？　姉のデニーズはその秘密を守ることに異常なほど執着していたし、去年、姉夫婦が事故で亡くなったあと、キンバリーの後見人となったニックも、彼女が十八歳になるまでは事実を告げないほうがいいと判断した。キンバリーにとって、ショッキングな状況で両親を失い、叔父と暮らすようになった生活の変化に適応するだけでも困難なのに、さらに不安をあおるようなことは避けたいと思ったからだ。

「私には本当のお母さんがいるのよ」キンバリーは顎を突き出し、きっぱりと言った。そして、ちらりとレイチェルの方を見てから、再びニックをにらんだ。「クリスマスに本当のお母さんに会いたいの」

ニックは新聞をたたみ、わきに置いた。今回の対決は、いつものように単純なものではなさそうだ。

「いつから知っていたんだい、キンバリー？」彼は静かな口調で尋ねた。

「もうずっと前からよ」キンバリーはぶっきらぼうに答えた。

「だれから聞いたんだい？」コリンに違いない、とニックは思った。姉の夫のコリンは穏やかな性格で、ふだんは妻の言いなりになっているように見せかけていたが、持って生まれた威厳と誠実さをそなえていて、〝正しい〟と思ったことをうやむやにするようなことはしなかった。

「だれからも聞いてないわ」キンバリーはつんとした顔で言った。「自分で見抜いたのよ」

ニックは動揺した。僕は早まったのではないだろうか？　あまりにも簡単にキンバリーの言葉を認めてしまったのではないだろうか？　いったいどうして彼女に見抜けたのだろう?

もし姉夫婦が、本当の子供だとだれもが信じて疑わないような養子を求めていたのだとしたら、キンバリーほど申し分のない子供はいなかっただろう。

キンバリーはニックやデニーズと同じように、背が高く、長い脚をしていた。こしのある黒い髪も同じだった。それだけでなく、ハミルトン一族の特徴であるV字形の生え際までそっくりだった。瞳の色はブラウンではなくてグリーンだったが、それはコリンの瞳がはしばみ色だったから、簡単に説明がついた。もしデニーズが自分の血縁から養子を取ったのだと言ったとしても、だれも疑わなかっただろう。

それなのに、なぜキンバリーは疑いを抱いたのだろう?

「どうして養子だとわかったのか、話してくれるかい?」ニックは平静な声を保とうと努めて言った。

「写真よ」キンバリーは、動かしがたい証拠を突きつけるように言った。

彼女がなんのことを言っているのか、ニックはわからなかった。

キンバリーは近づいてくると、ニックとレイチェルの間に置かれたフルーツ皿からさくらんぼを一つつまみ、これみよがしに口にほうりこんで食べた。そして、ふくらみはじめた胸を抱くように腕組みをし、グリーンの瞳を挑戦的に光らせて、ニックの言葉を待った。

揺れるポニーテールからも、ライムグリーンのタンクトップと、オレンジ色と黄色のチェックのショートパンツに包んだ体からも、みなぎる反抗心が伝わってくる。キンバリーは宣言していた。私はだれからも、無視されるつもりもなければ監視されるつもりはないわ、と。

ニックはレイチェルの方をうかがった。彼女は家族のもめ事になどまったく興味がないという顔で、海の方を眺めている。このブルーズ・ポイント・アパートメントのバルコニーからは、シドニー・ハーバーが一望できた。レイチェルの視線はその景色に向けられていたが、あまりに平静な態度から、彼女が耳をそばだてているのがわかった。ニックは急に、この話はレイチェルに聞かれたくないと思った。彼女とはごく親しい間柄だったにもかかわらず。

「すまないが、レイチェル、これはとてもプライベートな問題なんだ……」

「そうね」レイチェルはすぐに椅子から立ちあがると、ニックに思いやりのこもった微笑を投げかけた。「私は遠慮するわ、ニック。二人だけで話すほうがいいものね」

レイチェル・ピアスには、ニックが好ましく思う美点がたくさんあった。有能で、知的で、人を見抜く洞察力をそなえている。もっとも、彼の十二歳の姪はしばしば彼女を面くらわせたが。また、投資アドバイザーという職業も、銀行家のニックとはつり合いが取れていた。彼女は、ニックが人生のパートナーにはこうあってほしいと思っているとおりにふるまった。だが……抵抗しがたい魅力というものに欠けていた。

レイチェルが立ちあがったとき、赤褐色のショートヘアが日の光を浴びて燃えあがるように輝いた。美しくて、シックで、セクシーで、やさしく見つめるそのシェリーブラウンの瞳は、いつもニックを打ちとけた気分にしてくれる。まったく、僕は女性にこれ以上のなにを求めているのだろう？

しかし、いくら親しい間柄とはいえ、キンバリーが養女だという家族の秘密に、レイチェルがかかわるのはふさわしくない気がした。このことは僕とキンバリーだけの問題で、レイチェルには関係のないことだ。少なくとも今のところは。

ニックも立ちあがった。「今日は来てくれてありがとう、レイチェル」

「私のほうこそ楽しかったわ。それじゃ……」レイチェルはキンバリーの方をちらりと見た。だが、キンバリーはかたくなに無視して、さらにもう一つさくらんぼを口に入れた。レイチェルはニックに同情するような視線を向け、肩をすくめた。それから背を向けて、帰りかけた。

「たとえ実の母親に私を引き取る気がなくたって、私はあなたの勧める由緒ある寄宿学校になんか行く気はないわ」キンバリーはレイチェルの背中に向かってどなった。「だから、そんなに簡単に私を追い払えるなんて思わないほうがいいわよ」

居間へ通じる戸口で、レイチェルははっとしたように立ちどまった。

ニックの心臓がまたしても早鐘を打ちだした。キンバリーは、昨夜のレイチェルとの会話を立ち聞きしていたに違いない。自室で眠っているものとばかり思っていたのに。いつにもましてレイチェルに反抗的な態度をとったのは、そのせいだったのだ。

「君を追い払うためじゃないんだ、キンバリー」ニックはきっぱりと言った。「君にとって最善のことだと思ったからだよ」

「叔父さんにとって最善のことだからでしょう?」キンバリーは言い返した。「それから、彼女にとってもね」目が怒りに燃えている。「そのくらいわかるわ。私はばかじゃないのよ、ニック叔父さん」

「そのとおり、君はばかじゃない。だから、いい学校へ進ませて、最良の教育を受けさせたいんだよ」

「たいていの女の子は、PLCに行けるのは特権だと思っているのよ」レイチェルもさすがに少しむっとしたような声で言った。「私はあの学校に行って、本当によかったと思ってるわ」

「ほんとにそれが理由なのかしら?」キンバリーは言い返した。「わかってるんだから。あなたはただ私を追い払いたいだけなのよ」

「いいかげんにしなさい、キンバリー」ニックは姪を叱《しか》りつけた。

「なぜ寄宿生にならなくちゃいけないの、ニック叔父さん？」キンバリーはくってかかった。「よい教育を受けさせるためだというなら、通学生として通ったっていいわけでしょう？　ＰＬＣはこのシドニーにあるのよ」

「君は独りっ子だから、同じ年ごろの少女たちとともに暮らすことが有意義なんじゃないかと思ったんだよ、キンバリー」

「ほんとに叔父さんがそう思ったの？」キンバリーはレイチェルをにらんだ。「ミズ・ピアスにそそのかされたんじゃない？」

「クリスマスのあとで、君と話し合うつもりだったんだ」

キンバリーの非難めいた目が、今度はニックに向けられた。「彼女と先に話を進めておいてから、私を説得するつもりだったのね？」

「この話はまだ決まったわけじゃない。それに、立ち聞きなんかするものじゃないよ、キンバリー」

「もしママがお金のかかる私立の寄宿学校に私を行かせたいと思ってたなら、何年も前に私に話していたはずだわ」キンバリーの目に涙が光った。「叔父さんは私がじゃまなのよ。ママやパパとは違って」

キンバリーの癒《いや》されない悲しみが生々しく伝わってきて、ニックの胸は締めつけられるように痛んだ。どうしたって両親の代わりにはなれないのだ。親の代わりを務めることなど、だれにもできはしない。

ニックもまた、姉夫婦が恋しかった。事実上ニックを育ててくれたのは、たった一人のきょうだいである姉だったし、その夫であるコリンは、いつも彼に愛情に満ちた支持と励ましを与えてくれた。

「そんなことは絶対ない」ニックはきっぱりと否定

した。この一年間、彼はなんとか十二歳の少女に生活を合わせようと努力してきたが、一度だって、そのことをいやだと思ったことはなかった。「僕は君と暮らしたいんだよ、キンバリー」

キンバリーは今にも泣きだしそうに顔をゆがめて、首を振った。「叔父さんは私を厄介払いしたいのよ」

「違う」

キンバリーは手の甲で目をこすった。「本当のお母さんが私を引き取りたいと言ってくれたら、すべて解決するわ。叔父さんは赤の他人の娘を厄介払いして、遠慮なく彼女と一緒になれるのよ」キンバリーは恨めしそうな目でレイチェルを見つめた。「あなたがそう思ってるように、私だって毎日あなたと顔を突き合わせたくなんかないわ、ミズ・ピアス」

レイチェルは大きくため息をつくと、ニックの方を見て、天を仰いだ。処置なし、というように。

「もう行ったほうがいい、レイチェル」ニックは穏やかに促した。

「ごめんなさい、ニック」

「君のせいじゃないさ」

「そうよ、私のせいよ」キンバリーがヒステリックに叫んだ。「私が二人の楽しい時間をだいなしにしてるんだわ。だから、出ていくべきなのは私なのよ」

ニックは引きとめようとして手を伸ばしたが、むだだった。

キンバリーはレイチェルを押しのけるようにして居間へ駆けこんでいった。ニックはあとを追ったが、キンバリーは全速力で玄関から走り出た。辛辣《しんらつ》な捨てぜりふを残して。「もし私のことを少しでも愛してくれているのなら、ニック叔父さん、クリスマスまでに本当のお母さんをさがして！　そうすれば、私たちみんなにとっていい結果になるはずよ！」

2

今日も来なかった……。デニーズ・グラハムから、キンバリーの写真と近況を知らせる手紙を同封した年に一度の小包が送られてくるはずなのに。

帰宅したメレディス・パーマーは、アパートメントのドアに鍵《かぎ》をかけながら不安を振り払おうとした。もう一度、メールボックスに入っていた郵便物の束をざっと調べてみる。クリスマスカードが数通と、銀行からの通知とダイレクトメールだけだった。封筒を開けて中身を取り出しながら、なおも見間違えていないかどうか確かめたが、やはり、デニーズ・グラハムからはなにも来ていない。

デニーズからの小包は、毎年十一月の最後の週に届いた。それはこの十一年間、一度も変わっていない。今日は十二月十四日だ。なにかあったのだろうかという不安は今や、なにかあったに違いないという確信に変わりつつあった。メレディスの印象では、デニーズはとても几帳面《きちようめん》なタイプのようだった。その彼女が忘れているとは考えにくい。クリスマスの時期の大量の郵便物にまぎれて、小包がどこかに紛失したか、誤配されたのでない限り、グラハム家になにか悪いことが起きたに違いない。

だれかが病気になったのだろうか？　それとも、事故？

不吉な予感に胸を締めつけられながら、メレディスは祈った。どうか、キンバリーの身になにも起こっていませんように。メレディスの小さな娘には、すばらしい人生が約束されているはずだった。そう信じたからこそ、彼女は悲しみにも、みじめな思いにも耐えて、娘を手放す決心をしたのだ。

・メレディスは頭を振り、最悪のシナリオを打ち消そうとした。たぶん、養子縁組の法的手続きを担当し、その後も年に一度、デニーズからの小包を取り次いでくれていた弁護士に、なにかあったのだろう。お金をためて、バルモラルのこのアパートメントを購入するまでに、メレディスは少なくとも六回は転居していたが、引っ越したときは必ず弁護士に新しい住所を知らせてきた。もしかしたら、その弁護士が事務所をだれかほかの弁護士に譲り渡したのかもしれない。

メレディスは居間を横切り、壁際の書棚と書棚の間にあるライティング・デスクの前に行くと、引き出しを開けて住所録を取り出した。今日はもう法律事務所に電話をかけるには遅すぎたが、明朝一番に連絡を取ろうと思ったのだ。そう決心したことで、いくらか気持が落ち着くのを感じながら、いつもバッグに入れている手帳に電話番号を控えた。

いくらか落ち着いたとはいえ、不安は依然として消えなかった。メレディスは夜のニュースを見ようとテレビをつけたが、耳にはなにも入ってこなかった。自分のためについだ白ワインのグラスはからになっていたものの、飲んだ記憶がない。夕食の支度をしようと冷蔵庫を開けたが、しばらく棚をぼんやりと眺めてから、料理を作るのはやめ、チーズとピクルスとクラッカーを取り出した。

問題は、もしなにかの理由でデニーズが連絡を打ち切ったとしても、メレディスには異議を唱える法的権利がなにもないことだった。年一回、メレディスに娘の写真を送るという約束は、赤ん坊を人手に渡す母親の悲しみに同情したデニーズが、好意から申し出てくれたことだった。もし弁護士から、今後はデニーズからの連絡はないと告げられたら、メレディスにはどうすることもできなかった。

無力感がメレディスの心をむしばみ、食欲を完全に奪ってしまった。なにをする気力もわかなかった。玄関のチャイムが鳴ったときも、応《こた》える気になれなかった。腕時計を見ると、八時を少し過ぎている。だれかが訪ねてくる予定はなかったし、客を迎える気分でもなかった。だが、隣人が困ってなにか助けを求めてきたのかもしれないと思い至り、メレディスはようやくドアを開ける気になった。

一人暮らしだと、自然に警戒心が身につく。チェーンをかけたままのドアは、ほんの数センチしか開かない。そのわずかな隙間《すきま》を通してメレディスが見たのは、もう二度と会うことはないものとあきらめていた男性の顔だった。

彼と目が合った瞬間、強烈な期待感が全身を貫いた。それはまるで海水が体の中に押し寄せ、砕け散り、小波《さざなみ》となって隅々まで広がっていくような感覚だった。

激しいショックにめまいを覚え、メレディスはノブをつかんで体を支えた。呆然《ぼうぜん》と彼を見つめたまま。

「ミス・パーマー？　メレディス・パーマー？」

彼女の心を震わせる、深く官能的な声――その声は、メレディスが長い間忘れていた懐かしい感情をかきたてた。

しかし、彼がメレディスのことを覚えていないのは、明らかだった。覚えていたら、彼女のことをメリーと呼んだだろう。それは彼だけの呼び名だった。

〝メリー……メリークリスマス……これまでで一番すばらしいクリスマスだよ……〟あの夏、彼はそう言って、彼女のことをメリーと呼ぶことにしたのだ。

「ええ」メレディスは答えた。かつて彼の姉のデニーズに、子供の父親と連絡を取ることを拒否され、そのとき聞かされたショッキングな事柄によって、彼女の心は傷つき、いまだに血を流していた。そう、彼は事故でその夏の記憶をすべて失い、メレディスのこともまったく覚えていないと告げられたのだ。

そのとき、彼はすでに二年間の奨学金を獲得して、アメリカに発《た》ったあとだったから、その話の真偽を確かめるすべは、彼女にはなかった。

今、それがデニーズの作り話ではなく、事実だったことがはっきりした。彼はメリーではなく、メレディス・パーマーと言ったのだ。明らかに初対面の相手に尋ねるときの改まった口調で。

でも、潜在意識に残っているものがあるのではないだろうか？ 私の気持が伝わって、彼になにかを感じさせるのではないだろうか？

「ニック・ハミルトンといいます……」

しばらく間があった。彼は、まるでショックから立ち直り、気を取り直して、訪問の目的に意識を集中しようとしているように見えた。彼が記憶を取り戻し、それでメレディスを訪ねてきたのでないことは明らかだったから、訪問の目的はキンバリーのことに違いなかった。キンバリーが自分の娘だとわかったのだろうか？ それとも、娘になにか悪いことが起きて、そのことを伝えにやってきたのだろうか？

「デニーズ・グラハムの弟です」ニックは怪しい者でないことを証明するかのように言った。

「ええ」メレディスは気もそぞろに言った。「キンバリーのことでいらしたんですね。例年だと……」

彼女はぐっと唾《つば》をのみこんだ。ニックと再会したショックを上まわる、吐き気を催すほど激しい不安がこみあげてきた。「二週間前には届いているはずの小包がまだなんです」

「実はそのこともあって、お訪ねしたんです」ニックの顔に同情の色が浮かんだ。「入ってもいいですか？ いろいろと説明しなければならないことがあるので」

メレディスは口がきけず、黙ってうなずいた。自分の人生を左右することになった相手と、こうして十三年ぶりに再会するのは、すばらしい夢を見ているようでもあり、悪夢にうなされているようでもあった。メレディスは震える手でチェーンをはずした。彼をアパートメントの中に招き入れることがあろうとは思ってもいなかっただけに、心がざわめいた。それに、彼が訪ねてきた理由が気がかりでたまらなかった。キンバリーになにかあったのだろうか？

「キンバリーは元気なのでしょうか？」ドアを開けながら、メレディスはせきこんで尋ねた。

「ええ、元気ですよ」ニックは安心させるように答えながら、中に入ってきた。メレディスは安堵《あんど》のあまり、その場にくずおれそうになった。彼は心配そうに眉をひそめ、申し訳なさそうに頭を下げた。

「すみません、あなたがそんなに心配していたなんて。娘さんは元気ですよ、ミス・パーマー」

自分に娘がいることを認めてくれる言葉に、メレディスは涙がこみあげてくるのを覚えた。現在の生活では、彼女に子供がいることを知っている者はいない。子供がいることを、メレディスはだれにも打ち明けずに、一人で悲しみに耐えてきたのだ。話したからといって、だれが理解してくれただろう？出産したとき、周囲のだれもが赤ん坊を手放すように強いたのだ。それが子供のためだと言って。彼女は今でも、自分の腕に抱くことのできなかった赤ん坊を思って、夜、一人で泣くことがよくあった。

「ありがとうございます」メレディスはようやくかすれた声で言った。

すぐそばに、それもやさしく慰めるような態度で立っているニックに心をかき乱されながら、メレディスは居間の方に彼を促し、ドアに再び鍵をかけた。住まいは四階だったから、押し込みや強盗に狙《ねら》われる危険はいくらか少なかったが、それでも常に用心を怠らなかった。都会で一人暮らしをする女性はそうあらねばならない。もっとも、すべてから身を守ることは不可能だが。今夜もドアを開けたら、〝過去〞が飛びこんできたではないか。それがよかったのか悪かったのかは、今の時点では知るよしもなかった。

「なかなかすてきなお住まいですね」ニックは〝初対面〞のぎこちなさを取りつくろうように言った。

彼の社交辞令に、メレディスは思わずヒステリックな笑い声をたてそうになった。激しく揺れ動く感情をコントロールしようと、深呼吸をする。それから、慇懃《いんぎん》な客に対して愛想のよい女主人《ホステス》役を演じるべく、ゆっくりと振り向いた。

「ありがとうございます」メレディスはもう一度礼を言った。今度はいくらか落ち着いた、自然な声が出た。

ニックは廊下の突き当たりで立ちどまり、メレディスの方を振り返った。その瞬間、メレディスは、二十二歳のニック・ハミルトンを――お互いに夢中になり、二人だけの世界にひたっていたあの夏の彼を見たように思い、期待に胸を高鳴らせた。

なにも変わっていないと思うのは、愚かなことだった。ニックは昔と変わらず、長身で浅黒く、すばらしくハンサムだったが、そのとびきり魅力的な体に、今ではエリートにふさわしいスーツをまとっていた。つやのある黒い髪には白いものが交じり、顔には円熟した男の魅力を感じさせるしわができている。歳月は流れたのだ。彼はたぶん結婚しているだろう。ほかにも子供がいるかもしれない。

これまで何度となく想像していたことなのに、なぜ、今、そのことを思うと心が痛むのだろう？

それは、目の前に彼がいるからよ。メレディスは心の中で自分の問いに答えた。それに、彼の瞳が、若かったあの夏の日と同じように私を見つめているからよ。強力な磁石のように私の心を引きつけずにはおかない、濃い褐色の瞳が……。

でも、いったいなぜそんなに私を見つめるのかしら？　メレディスは自分がもはやかつての娘ではないことを思い、ふいに自分の外見を強く意識した。オフィスで長い一日を過ごしたあとだから、きっと疲れきった顔をしているだろう。たぶんマスカラが目の下につき、口紅もほとんど取れてしまっているに違いない。なめらかなオリーブ色の肌には隠さなければならないようなしみはないけれど、てかりを抑えるために使っているパウダーははげ落ちてしまっているだろう。

しかも、帰宅してすぐに靴を脱ぎ捨てたので、ストッキングをはいているだけだった。もっとも、靴をはいていようといまいと、さほど違いはなかったが。背の高さを気にしているメレディスは、ふだんフラットシューズしかはかなかったからだ。とはいえ、靴をはいていないことで、いっそうだらしなく見えそうな気がした。

髪がさらにその印象を強めているに違いない。かつて、ニックはメレディスの髪を、蜂《はち》の巣から垂れる蜜《みつ》のようだと、奇抜な形容をした。今夜もきっと乱れているはずだ。朝からずっとブラシを当てていない。彼女の髪は自然なウエーブのせいでボリュームがあり、ブラッシングをして数時間もすると、広がってしまう。長い首の片側にまとめているものの、まるで雲が渦巻いているように見えているだろう。

だが、少なくとも服だけは自信があった。黒と白と砂色の幾何学模様が描かれたシルクのワンピースは、キャリアウーマンにふさわしく見えるはずだと、メレディスは皮肉交じりに思った。安っぽいビーチウエア姿のティーンエージャーの面影は、どこにもないだろう。私にとっても月日は流れたのだ。

ふいにニックが身じろぎした。「ついぶしつけに見つめてしまって、申し訳ありません。たぶん、キンバリーによく似ているせいですね。とくに瞳が……あの子もグリーンがかった神秘的な瞳をしている」彼はぎこちない口調で言った。

「彼女は母親よりむしろ……」

あなたに似ているわ。

思わず口をついて出そうになった言葉を、メレディスはかろうじてのみこんだ。心臓が飛び出しそうに激しく打っている。ニックは知っているのだろうか？　いや、知っているはずがない。もし知ったとしたら、そのことが彼の人生にどういう影響を与えるか、メレディスにはわからなかった。彼女はすばやく首を振り、その話題を打ち切ろうとした。

「あなたに会ったことがあるなら、忘れるわけがない」ニックがつぶやくように言いながら、メレディスの全身を眺めまわし、くい入るように顔を見つめた。それから、眉をひそめた。やはり見覚えがある、というように。「きっとその瞳のせいで、会ったことがあるような気がしたんでしょうね」ニックは、彼女にというより、自分に言い聞かせるようにつぶやいた。

いいえ、私たちは会ったことがあるのよ！　メレディスは心の中でそう叫んだ。声に出してそう言えたらいいのに、と絶望的な思いに駆られながら。

「あなたとキンバリーがあんまり似ているものだから、とまどってしまって……」ニックはほほえんだ。

その魅力的な微笑に、メレディスはめまいを覚えた。「どうぞ……おかけになって。楽になさってください」そう言いながら、先に立ってキッチンへ入っていった。彼と再会したショックを隠すのに、社交的な会話が役に立った。「なにか飲み物はいかが？　ちょうど白ワインを開けたところなんです。よかったらいかがですか？　それとも、紅茶かコーヒーがよろしいかしら？」

ニックは少しためらってから言った。「かまわなければ、ワインをいただけますか？」ワインのほうが時間を稼げるとでもいうような言い方だった。

「もちろん、どうぞ」いけないわけがなかった。メレディスも彼を少しでも長く引きとめておきたかった。そんなことをしても、どうなるものでもないことはわかっていたが。

「ありがとう」ニックは言った。

メレディスは冷蔵庫から飲みかけのワインのボトルを取り出した。しばらくでもニックから離れていられることに、ほっとしていた。だが一方で、ニックの動きに神経をとがらせていた。彼は椅子にかけずに、キッチンとつながっている居間を歩きまわっている。書棚に並んだ本の背を眺めたり、一枚ガラスの窓からバルモラル・ビーチの黄昏《たそがれ》の景色に目をやったり、家具とマッチするようにアレンジされた花を見つめたり……。まるでメレディスの生活を詳細にチェックしているように見える。いったい彼はなにをさぐり出そうとしているのだろう？

メレディスは人生の皮肉なめぐり合わせを思った。十代の若さで妊娠し、学校を中退し、世間体をはばかってシドニーに住む継母の妹のところに預けられなかったら、フラワーショップを経営することもなかっただろう。義理の叔母の店でただ働きさせられたせいで、メレディスは花に興味を抱くようになり、生まれ持った才能を伸ばして、結局はビジネスとして成功させたのだった。

「このアパートメントはだれかと共有なんですか？」ニックがぎこちない口調で尋ねた。きくのははばかられたが、それでもきかずにはいられないというように。

「いいえ」メレディスは答えた。「私一人の所有です」ちょっぴり誇らしげにつけ加える。好みに合わせてしつらえたアパートメントは、自分が経済的に自立した女である証《あかし》だった。

メレディスは時間をかけて、本当に気に入るものだけを選んで自分の〝城〟を築いていったのだ。クッションのきいた柔らかい革張りのソファは、孤独な夜、寂しさをまぎらすためにせっせと手作りしたカラフルなつづれ織りのクッションが映えるように、クリーム色にした。書棚とデスクは、サイドテーブルやキッチンに置かれた四人掛けのダイニングセットと同じ薄いグレーでそろえ、絨毯《じゅうたん》はくすんだ淡いピンクにした。

メレディスは全体をソフトな明るい色調にまとめていた。それが自分に合っていたからだ。ニックがどういう感想を持とうとかまわない。彼女は自分に言い聞かせた。彼は十三年前に私の人生から去ったのだ。今さら戻ってきて、私の生活に立ち入る権利はない。

メレディスは居間に面したキッチンカウンターに、ワインをついだグラスを置いた。「どうぞ」

「ありがとう。結婚はなさってないんですか?」グラスを受け取ろうと近づいてきながら、ニックが尋ねた。そのきらめく瞳に、抑えがたい好奇心がのぞいている。

あまりにも立ち入った質問に、メレディスはいらだった。そもそも彼のせいで、ほかの男性に関心を持てなくなったのに……。彼と出会っていなければ、今ごろは結婚して、夫の収入で自由気ままな生活を送っていたかもしれない。「ええ。このアパートメントは男性に買ってもらったものじゃありません、ミスター・ハミルトン」メレディスはそっけなく答えた。「私は一人で一生懸命働いて、今の生活を手に入れたんです。あなただってそうでしょう? それとも、女性の力を借りて現在の生活を築かれたんですか?」

ある意味で、ニックの場合はそうだと言えた。彼の姉が、彼が背負いこむべき責任を本人に知らせずに肩代わりしたのだ。おかげで、ニックは若い妻と赤ん坊に対する責任を負うこともなく、自由に自分の選んだ道を進み、成功をおさめることができた。デニーズ・グラハムは弟に、あらゆる成功へのチャンスを与えただけでなく、彼の子供を代わりに育てたのだ。

ニックは当惑したような顔をした。「そういうつもりで言ったのでは……」

自分の生活にずかずか踏みこんでくる彼に対する憤りが、この訪問の目的を早く知りたいというもどかしい思いをいっそうかきたてた。「なぜ私を調査しにいらしたんです？」メレディスは無遠慮に尋ねた。「どんな答えをさがしていらっしゃるのかしら？」

率直すぎる言葉をぶつけられ、ニックは顔をしかめた。「実は、キンバリーと対面することについて、あなたがどう考えているか……二人が対面することで、あなたの現在の生活にマイナスの影響がないか、そういったことを確かめたいと思ってお訪ねしたんです」

その信じがたい言葉に、メレディスは激しい動揺を覚えた。娘との対面？　確かに、キンバリーが事実を受けとめられる年ごろになったら、いつか会えるかもしれないと、はかない望みを抱いていた。でも、娘はまだ十二歳だ。なのに、どうして？

「お姉様がお許しになるかしら？」喉がからからに乾いて、声がかすれた。

「姉夫婦は一年前に車の事故で亡くなったんです。クリスマスの直前に」ニックは静かに言った。「それ以来、キンバリーは僕が引き取って育てているんですよ」

ショックがメレディスの全身に広がっていった。グラハム夫妻は死んでいたのだ。去年のクリスマスの前に。それなのに私は、自分が味わうことのできなかった娘との幸せな生活を楽しんでいる夫妻の姿をずっと思い描いていた。一年！　娘が実の母親にも養父母にも見守られずに、一年間も過ごしていたなんて！

「僕が彼女の法的な後見人に決定したので」ニックは続けた。明らかに彼はまだ、自分がキンバリーの実の父親だとは気づいていない。「僕はずっとあなたのことを知らなかったんです。あなたと姉との間に連絡が保たれていたなんて知らなかった」

メレディスは目をつぶった。あなたの存在を知らなかったというニックの言葉が、残酷に響いた。グラハム夫妻の死によって、娘との絆《きずな》が永久に断ち切られていたかもしれないと思うと、メレディスはぞっとした。

「今日初めて、弁護士からあなたの住所を教えてもらったんです」ニックの声は緊張していた。彼はなにか漠然とした不安を抱いているようだった。「初め弁護士は僕に教えたがらなかったんです。姉の死で、あなたがた二人の個人的なつながりは切れたのだと言ってね。切れたつながりをまた復活させるようなことはしないほうがいいと、彼は忠告した……」

もしニックが弁護士の忠告に従っていたら……。メレディスは恐怖に震えた。これまでなんとかつながっていた細い糸が切れてしまっていたかもしれない！　しかし、安心するのはまだ早かった。ニックが、自分たちの生活にメレディスが入りこむことに懸念を抱いているのは、明らかだった。

「それなのに、なぜ訪ねていらしたの？」自分が法的にはなんの権利も持たないことを改めて思い知りながら、メレディスはおずおずと尋ねた。養父母が亡くなったからといって、私には自分の子供を取り戻す権利はないのだ。

「キンバリーのためです。彼女が……」

目を開けたメレディスは、ニックのしかめっ面を見た。彼は、本当は訪ねてきたくなかったのだ。弁護士の忠告にも、自分の気持にもそむいて、ここへやってきたのだ。

ニックは大きくため息をついた。「キンバリーが……クリスマスに……本当の母親に会いたいと言いだしたものだから……」

クリスマス……。

クリスマスの間だけ……。

限られた期間しか会えないのだ……娘の父親のときと同じように。心にとめ……脳裏に焼きつけ……懐かしむにはあまりにも短い……限られた……時間。耐えがたい苦痛に、メレディスの頭から血が引いていった。彼女はめまいを覚え、カウンターをつかんだ。だが、体を支える力をふるい起こすことができないまま、しだいに意識が遠のいていった。

3

キッチンの床からメレディスを抱きあげたとき、ニックの全身にしびれるような感覚が走った。彼女の体重のせいではなかった。かなりの長身にもかかわらず、彼女はさほど重くはなかった。それは、メレディスが安心しきった顔でニックの肩に頭をもたせかけ、その長い髪が彼の首を撫《な》でたからだった。どういうわけか、その感触は彼の心をかき乱した。理性では理解しがたい激しさで。

メレディスの顔を見た瞬間から、ニックは頭が混乱していた。これまで彼女と会ったことはない。それは確かだ。その彼女がなぜ、たびたび夢に出てくるのだろう？　そして、夢の中の彼女が生身の存在として、目の前に現れるとは……。あまりにも非現実的で、合理的な説明がつかなかった。ニックは呆《ぼう》然《ぜん》とし、訪ねてきた目的をほとんど忘れていた。

もっと遠まわしに話すべきだったのだ。相手に与える衝撃を考えもしないで無神経に口にした言葉のせいで、メレディスは死んだように気を失っていた。それなのに、ニックはまだ自分自身のショックから立ち直れずにいた。

愚かな雄牛のように突っ立っていないで、メレディスの意識を回復させるために、なにか手立てを講じなくては。ニックは実際的なことに考えを集中しようとした。

居間のソファは二人掛けだったから、メレディスを横たえるのは無理だった。居間の隣に寝室があるに違いない。書棚の横のドアがわずかに開いたままになっている。ニックはそのドアの方へ彼女を運んでいった。

思ったとおり、そこはメレディスの寝室だった。ベッドに横たえたとき、彼女は身動きした。意識が戻りつつあるらしく、盛んに頭を動かしている。まるで、なくしたものをやみくもにさがし求めてでもいるかのように。切望からとも苦悩からともつかない低いうめき声が彼女の口からもれ、ニックの心を締めつけた。彼はメレディスの手を強く握り締め、彼女が一人でないことを伝えようとした。

水を飲ませたほうがいいかもしれない。ニックはバスルームはどこかと、あたりを見まわした。そのとき、再び衝撃を覚えた。

部屋の壁がキンバリーの写真でおおわれていた。この十二年間のキンバリーの写真が、一年ごとに額に入れて飾られている。とくによく撮れている表情豊かな写真は、引き伸ばされていて、まるで生身のキンバリーが部屋の中にいるようだった。

写真の大半は、ニックがそのときどきに見たことがあるものだったが、赤ん坊のころからのキンバリーの写真を、これほど大量に、しかも一度に見るのは、不気味な感じがした。その圧倒的なコレクションは、強迫観念に近い病的なものを思わせた。

〝本当のお母さんが私を引き取りたいと言ってくれたら〟と、キンバリーは言っていたが、母親が娘を求めているこれほど具体的な証拠を前にした今、その言葉がなんとも控えめなものに思えた。ニックの頭の中では、モラルと法的権利がせめぎ合っていた。僕にとってキンバリーは家族の一員だが、彼女を産んだ母親にとっては自分の分身に違いない。もし実の母親に会いたいというキンバリーの願いが、単なる気まぐれにすぎないとしたら？　僕はいったいなにをしようとしているのだろう？

デニーズの顧問弁護士だったヘクター・バーンサイドの忠告が、耳の中で鳴り響いた。やぶ蛇になるようなことはしないほうがいい、相手のことをなにも知らないで下手に近づくのは危険だと、バーンサイドは言ったのだ。

職業柄、人間のあらゆる側面を見てきたバーンサイドの忠告を、心にとめておくべきだったのかもしれない。ニックはジレンマに陥っていた。僕は姪《めい》に、彼女の実の母親の気持をきいてみると約束した。その約束を果たすことで、僕はすばらしい夢の中に足を踏み入れたのだろうか？　それとも、悪夢の中にか？　いったいどちらなのか、ニックは判断がつかなかった。いずれにせよ、もう引き返すには遅すぎた。

4

ニックが手を握っていた。

その温かい感触が、未知の恐ろしい不安を追い払い、頭の中に渦巻いている混乱をしずめてくれた。これは夢ではない。薄れていく意識の中で、メレディスはそう思った。ニックの手は確かに私の手を握り締めている。

自分がベッドに横たわり、そのベッドの端にニックが腰かけているのに気づいたとき、メレディスは一瞬うろたえた。が、すぐに、自分が気を失う直前、駆け寄ってきた彼に支えられたことを思い出した。

「私、気絶したのね」メレディスは信じがたい思いでつぶやいた。

その声に、ニックがはっとしたように彼女の方を見た。もの思いにふけっていたような、ぼんやりとした顔だ。「ああ」ようやく焦点の定まった目で、ニックは答えた。「まだ顔色が悪いよ。水を飲みたくないかい？」

メレディスは肘をついて体を起こそうとしたが、激しいめまいを覚えて、再び枕《まくら》の上に倒れこんだ。

「ええ、お願い。少しは気分がよくなるかもしれないわ」彼女は目をつぶり、吐き気をこらえながら言った。「すみません……」

「僕のせいだ」ニックはベッドから立ちあがった。「すぐに戻ってくるよ」

空腹でワインを飲みすぎた上に、ショックが重なったせいだ、とメレディスは思った。飲む前になにか食べておくべきだった。ニックに、困難な状況に対処できない、かよわい女だと思われたら困る。彼は、キンバリーを母親に会わせることについて考え直すかもしれない。

メレディスは娘に会いたい一心から、なんとしても立ちあがろうと決心した。成長した娘に会い、その動きを見つめ、声を聞き、彼女がなにを考え、感じているかを知りたかった。そのためなら、多少の胸の痛みや吐き気なんて、我慢してみせる。絶対に！

ニックによくない印象を与えたら、彼は母と娘の対面の約束を撤回するかもしれない。そこまでしなくても、時期を延期するかもしれない。そんなことになったら耐えられない。メレディスは勢いよくベッドから足を下ろすと、しばらく上半身を折り曲げて膝に頭をつけていた。なんとか平衡感覚を取り戻さなければ。ニックが水を入れたグラスを持って戻ってきたとき、メレディスはふらつきがいくらかおさまり、水を飲むことができるまでになっていた。冷たい水のおかげで、吐き気もおさまったようだった。飲みほしてからになったグラスをサイドテーブルに置くと、メレディスは礼を言うためにニックの顔を見あげた。だが、彼はこちらを見ていなかった。ニックは壁に飾られた写真を眺めていた。そのこわばった顔から、彼が写真を楽しんで見ているのでないことは明らかだった。

メレディスは落胆した。この部屋の写真を初めて目にしたら、だれだって圧倒されるだろう。写真によってしか子供の生活を知るすべのない母親の気持を、他人が理解してくれるとは思えない。だから、本能的に、これらの大量の写真を人目にさらさないように注意してきたのだ。

「あなたにはこの部屋に入ってもらいたくなかったわ。だれもここには入れないのよ」メレディスは身構えるように言った。

ニックはメレディスの方を振り向いた。その警戒するようなまなざしが、彼女の不安をかきたてた。

ニックは逃げ出そうとしているのではないだろうか？

メレディスは曖昧《あいまい》に写真の方を手で示した。「これは……ごくプライベートなものなのよ」相手の同情心にすがろうと、悲痛な声で言った。「あなたはずっとキンバリーのそばで暮らしているから、あの子に関することを当たり前のこととして見ているでしょうけど、私には、自分の子供の成長を知る方法が写真しかないのよ」

ニックは愕然《がくぜん》とした表情で頭を振った。まるで、メレディスが長い間耐えてきたはかり知れない喪失感に、たった今気づいたというように。

「私がキンバリーを手放す決心をしたのは、それがあの子にとって最善のことだと思ったからよ。あの子を愛していなかったからじゃないわ」メレディスは熱心に訴えた。

「すまない」ニックはぶっきらぼうに言った。「僕は……理解していなかったらしい。君の気持に……鈍感だったことを、あやまらなければならない」彼は心配そうに眉をひそめて、一歩うしろに下がった。「君のプライバシーを侵害するつもりはなかったんだ。ただ、ここへ運んだほうがいいと思って……。もし一人でいたいのなら……」

不安がメレディスの胸を締めつけた。やはりニックは私の激情に恐れをなして、逃げ出そうとしているのではないだろうか？　娘に会えるたった一度かもしれないチャンスを、私はふいにしてしまったのだろうか？

ここでニックを帰らせるわけにはいかなかった。メレディスは自分の立場を弁護する方法を必死で考えた。だが、彼に〝判決〟の猶予を請うことしか思いつかなかった。

「お願い、行かないで。もう気絶したりしないわ」

ニックは無言で、メレディスの目をさぐるようにじっと見つめていた。どうしようか決めかねているようだ。メレディスは全神経を張りつめて答えを待った。

「それじゃ、居間で待つことにしよう」ようやくニックは言った。満たされない母性の表れともいうべき壁一面の写真と、それがかもし出す息苦しい雰囲気に、耐えられなくなったかのようだった。

メレディスは安堵《あんど》のため息をつくと、急いで言った。ニックが考え直して、帰ってしまわないように。

「私も行くわ。なにか食べたほうがいいみたい。食べ物をおなかに入れたら、気分もよくなると思うわ」

メレディスはすばやくベッドから立ちあがった。かすかにめまいがしたが、なんとかバランスを保つことができた。ニックがすぐに近づいてきて、支えようとした。

「いつもはとても元気なのよ」信じてほしいと、メレディスは目で訴えた。

「僕の腕につかまって」ニックはきっぱりとした口調で言った。「君はソファでやすんでいたらいい。言ってくれれば、僕がなにか簡単な食事を作るから」

「自分で作れるわ」メレディスは言い張った。なんとか自分で作らなくては……。

「いや、僕が作ろう」ニックは断固として言った。

ふと、ニックにまかせたほうがいいかもしれないという気がした。その間に、自分を信頼できる人間だと印象づける方法を考え出せる。キンバリーと対面しても、娘の感情を思いやり、分別をわきまえてふるまうことができる母親だと、彼に印象づけなければならない。なんとしても。

メレディスはニックの腕につかまった。手が触れたとたん、彼の筋肉がこわばるのがわかった。単なる緊張のせいだろうか？　それとも……かつて彼が私に示したのと同じ反応だろうか？　でも、そんなことを考えるなんて、どうかしている。メレディスは自分を叱《しか》りつけた。今の状況を考えれば、彼の反応を、若いころの火花を散らすような激しい欲望と結びつけて考えるのは不可能だった。

それにもかかわらず、メレディスはニックに支えられて、ゆっくりと居間へ歩いていきながら、彼を強く意識せずにはいられなかった。ニックの胸に押し当てられた腕に、体温が伝わってくる。ヒップや腿が触れ合うたびに体がぞくりと震える。

昔、ニックがつけていたのとまったく同じアフターシェーブ・ローションの香りを吸いこんだとき、かつての親密な関係が鮮やかによみがえった。あの夏、ニックによって、私の感覚はどれほどとぎすまされたことだろう。あらゆる香りがエキゾチックに感じられ、あらゆる色が鮮明に映り、あらゆる音が明瞭《めいりょう》に聞こえた。そして、あらゆる触れ合いが……。メレディスは記憶を振り払おうとした。それはあまりにも心をかき乱す、生々しい感覚だった。

ニックにソファへと下ろされたとき、メレディスはほっとした。彼女は、きびきびとした足取りでキッチンへ歩いていくニックを見つめながら、彼もまた二人の間に距離をおくことができてほっとしているのではないかと思った。明らかに、理由はまったく異なっていたけれど。ニックの最大の関心事は、訪問の目的を果たすことだからだ。

メレディスは、冷蔵庫を開けて中身を調べているニックに声をかけた。「パンがあるはずだから、サンドイッチなら作れるわ」

ニックはてきぱきした動作で、パン、バター、スライスチーズ、それからトマトを冷蔵庫から取り出すと、オーブンのスイッチを入れた。彼は料理を作ることに慣れているのだと、メレディスは思った。独り暮らしが長かったのだろうか？　でも、ニックのような魅力的な男性が女っけなしで暮らしているとは考えられない。もう結婚しているのだろうか？

ふいに、キンバリーもかつての自分と同じ問題に悩んでいるのではないかという気がした。継母とうまくやっていこうと努力していた、子供のころの記憶がよみがえってくる。育ててくれた両親を一度に失ったキンバリーが、たまたまニックを愛しただけで、その姪《めい》にはなんの関心もない女性に、この先面倒をみてもらわなくてはならないとしたら……？

もしそういう状況に置かれているとしたら、キンバリーぐらいの年ごろの少女が、どれほど強く自分をじゃま者だと感じるか、メレディスは経験から知っていた。実の母親に会いたいと思うようななにかがあったとしても、不思議ではない。

それから、また別の疑問が浮かんだ。どうしてキンバリーは自分が養女だと知ったのだろう？　キンバリーを自分の娘として育ててきたデニーズ・グラハムが話したとは考えにくい。もしかしたら、ニックが……？

「いつからキンバリーは自分が養女だと知っていたんですか？」メレディスは唐突に尋ねた。キンバリーがそのことを知ったのは、養父母の死んだあとに違いないという気がした。

「デニーズとコリンが事故で亡くなる一週間前に、気づいたんだそうだ」ニックはこともなげに答えた。

気づいた？　なんてことかしら！　グラハム夫妻の事故を招いたのは、そのことなのだろうか？　キンバリーに事実を知られたことで、動揺していたから？

パンにバターを塗っていたニックが視線を上げて、ちらりとこちらを見た。その黒い瞳には深い悲しみの色が見て取れた。「デニーズが君に送る写真を選びながら、コリンと話をしているのを聞いてしまったらしい」彼は眉をひそめた。「キンバリーには立ち聞きする悪い癖があるんだ。たぶん、独りっ子として育って、話し合うきょうだいがいなかったから――」

「それで、キンバリーは両親に問いただそうとしたの？」メレディスは心配でいたたまれずに、ニックの言葉をさえぎった。両親との間で言い合いがあったとしたら、娘は罪の意識に悩まされていることだろう。

ニックは首を振った。「キンバリーはそのことを考えたくなかったらしい。それが自分にとってどういう意味を持つのか、知りたくなかったんだろう」

内心、どんなに動揺していただろうと思い、メレディスは胸が痛んだ。しかし、養父母との間に、キンバリーがあとで自分を責めたかもしれない対立がなかったことを知り、ほっとした。

「そのあと、彼女の世界は音をたてて崩れた」ニックは先を続けた。「彼女はたぶん、実の母親という雲をつかむような漠然とした対象を追い求めるよりも、もっとなじみ深い相手、つまりこの僕に頼ったほうが安全だと思ったんだろう」

「それじゃ、あなたから彼女に話したわけじゃないのね？」

「僕は話さないほうがいいと考えていたんだ。両親を一度に失っただけで、彼女は十分打撃を受けていたからね」ニックは顔をしかめた。「数日前まで、キンバリーはそのことを自分一人の胸にしまっていたんだ」

そんな大きな秘密をずっと自分の胸にしまっていたなんて。法的に後見人に決められたニック・ハミルトンと――養子縁組によって叔父になったにすぎない男性と暮らしながら、キンバリーは自分の属する場所がほかにあるのではないかと思い悩むことはなかっただろうか？　それとも、本能的に彼に……実の父親である彼に、血のつながりを感じていたのだろうか？

　初めて対面する母親を、キンバリーは見知らぬ他人のように思うだろうか？　それとも、やはり直感的に親子の絆《きずな》を感じ取るだろうか？　メレディスは早く知りたかった。興奮と耐えがたいほどの期待に高鳴る胸をしずめようと、彼女は自分に厳しく言い聞かせた。娘に会えるかどうか、まだわからないのよ、と。

　メレディスは自分がこれまでに愛したたった一人の男性を――サンドイッチを作るのに余念がないニックを見守りながら、実の母親に会いたいとキンバリーに言われたとき、彼はどう反応しただろうかと想像した。キンバリーの突然の要求に、とっさにうろたえたことだろう。だが、ニックはデリケートな問題から逃げるような無責任な男性ではない。彼はそういった問題にきちんと向き合い、誠実に対処する人だ。妊娠しているとわかったとき、メレディスが信じて疑わなかったのはそういう彼の性格だった。

〝金持の大学生があんたみたいな小娘との約束を守ると思ってるの？〟継母は嘲《あざけ》るように言ったものだ。〝私からあんたの年を聞いて、驚いて逃げ出したに違いないわ。ああいう男が十六歳の田舎娘に縛られたいと思うはずがないじゃないの。あんたとのことは、彼にとってはクリスマス休暇のほんの火遊びだったのよ〟

　彼は逃げ出したんじゃない。メレディスはそのときも、今もそう信じていた。

　継母から、メレディスがまだ年端もいかない少女なのだと知らされたとき、ニックは激しく動揺した。メレディスは彼に、実際の年齢よりも三つばかり上のように信じこませていたのだ。彼が連れていきたがるところへはどこへでもついていきたかったから。メレディスはそのころすでに身長が高かったので、十九歳に見せるのは簡単だった。それに、恋に年齢は関係ないと思っていた。

しかし、ニックはそのことを深刻に受けとめ、メレディスに、君が二十一歳になるまで交際するのを待とうと提案した。前途にまだ多くの選択肢があるのに、君の人生を縛るのはフェアではないと思うから、と。そして、まだ二年残っている学校をきちんと卒業するように、彼女を説得した。だれかに、あるいはなにかに束縛される前に、学んだり、経験したり、考えたりすることがまだたくさんあるのだから、というのがその理由だった。

そして、ニックは連絡先の住所をメレディスに渡し、お互いに相手に対する気持が変わらなかったら、毎年クリスマスカードを送り合おうと約束した。かかわりを持つことはできなくても、年に一度、友人として連絡し合うぶんには差しつかえないだろうし、君が二十一歳になったら、また恋人どうしとしてつき合うこともできるのだから、と言って。

〝十八歳じゃだめ？〟メレディスは懇願するように言った。再び恋人どうしになれるまで、五年も待たなければならないのかと思い、彼女は打ちのめされていた。

〝十八じゃ、まだフェアとは言えないだろう〟ニックは残念そうに答え、さらに続けた。〝メリー、これ以上ここに滞在するのも、フェアじゃないと思うんだ。それに、これ以上君のそばにいたら、ますます別れがたくなる〟

その日のうちにニックは去った。家の裏のベランダで、二人が愛し合っている現場を目撃した継母から、未成年の女の子を誘惑するとは、なんてひどい男なの、と口汚くののしられた翌日のことだった。ニックは強いショックを受けながらも、自分たちの純粋な恋を卑しめるようなことは許さなかった。二人の愛が変わらなければ、将来必ず一緒になろうと約束して、ニックは去っていった。メレディスに住所所を残していったのは、彼の誠実さの証《あかし》だった。彼女から逃げ出すつもりだったら、そんなことはしなかっただろう。

メレディスが妊娠したことを知ったら、ニックはさらにショックを受けたに違いない。彼は愛し合うときには必ず避妊していたのだから。それなのに、どうして妊娠したのか、メレディスにはわからなかった。だが、彼女は、ニックが自分を守ってくれることを信じて疑わなかった。彼は信頼できる男性だった。彼が自分を裏切るとは想像できなかった。

出産したその年のクリスマスのことを思うと、メレディスの心は今でも痛んだ。内心、彼女はニックからクリスマスカードが届くものと確信していた。たとえアメリカに留学中であろうと、彼はきっと私のことを思っていて、カードを送ってくれるに違いない。そうすれば、連絡先もわかり、子供が生まれたことを、手紙で知らせることもできるだろう。メレディスは、ニックがすぐさま帰国し、彼の姉のもとから赤ん坊を取り戻してくれることを夢見ていた。そして、彼と結婚し、親子三人で暮らすことを……。しかし、ニックからのクリスマスカードは届かなかった。

デニーズ・グラハムから、ニックが二人で過ごした期間の記憶をすべて失ってしまったと聞かされたとき、メレディスは耐えがたい衝撃を覚えたが、弟を思う姉の作り話ではないかと、心のどこかで疑っていた。もしかしたら、ニックは自分の人生から私を締め出す決心をしたのかもしれない……。

一年後、メレディスは、ニックが残していった住所を頼りにグラハム家を訪ねていった。二年間のアメリカ留学から戻った彼に会って、真実を確かめずにはいられなかったのだ。しかし、グラハム家は引っ越していた。隣近所のだれも、引っ越し先を知らなかった。ニックへ通じる道は断ち切られてしまったのだった。

それからのメレディスは、自分の人生をきちんと生きていこうと決心し、そのとおり努力した。いつかニックが現れ、幸せが訪れる日のことを夢見ながら。そして今日、ついにニックは現れた。だが、彼はメレディスの記憶を失っていた。

ニックがキッチンから出てきた。ホットサンドをのせた皿を持っている。メレディスは平静を保とうとした。自分が、娘の幸福にとって最善のことをするつもりでいることを、彼に確信させなければならない。だが、彼女は思わずニックの姿に視線を吸い寄せられた。かつて二人が分かち合った恋の痕跡《こんせき》を求めて。

ニックが近づいてくるにつれ、心臓の鼓動が速くなる。彼が身をかがめて、コーヒーテーブルの上に皿を置いたとき、メレディスは目の前の顔をむさぼるように見つめた。娘に受け継がれた、カールした長いまつげ。かつて情熱的なキスをむさぼり合った官能的な唇。メレディスはどうしようもなく欲望を刺激された。

「結婚なさっているの？」メレディスは唐突に尋ねた。もしニックが結婚しているなら、たぶん、このもの狂おしい感情をわきに押しやり、キンバリーとの対面のことだけ考えられるだろう。

「いや」ニックはきらめく瞳でメレディスを見てから、テーブルをはさんだ向かい側のソファに腰かけた。

メレディスはさりげない態度を保とうとした。その短い言葉は彼女の耳に希望の歌のように鳴り響き、一瞬、期待に胸が躍った。が、すぐに、結婚しないで同棲《どうせい》を選ぶカップルの多い現代の風潮を思い出した。

「どなたか……パートナーと暮らしていらっしゃるの？」メレディスは〝恋人〟という言葉を口にできき

なかった。

「いや」

同じ答えが返ってきた。メレディスは安堵のあまりめまいがしそうなのを、ニックに悟られないように祈った。

「ウイークデーは通いの女性を一人雇って、学校から帰ったキンバリーの面倒をみてもらっている。夜、僕が出かけるときもね。今夜も彼女はキンバリーと一緒にいてくれている。二人はとてもうまくいってるんだ」ニックは安心させるように言った。

「それはけっこうね」メレディスは顔をほころばせながら答えた。でも、私の微笑の本当の理由を、彼は知らない。

しかし、ニックにくい入るように見つめられて、メレディスはあわてて笑みを引っこめた。胸にかすかな不安が広がる。彼が心の中で引いた境界線を、私は踏み越えてしまったのだろうか？

「食べて」ニックが勧めた。

メレディスはすぐに三角形に切ったホットサンドをつまんだ。全身に生気がみなぎり、人生が与えてくれる喜びを貪欲《どんよく》に味わおうという意欲がわいてきていた。

私はニックと再び一緒にいる。

手放した娘は、彼のもとで……実の父親のもとで、安全に保護されていた。

そして……ニックには親しくつき合っている女性はいない。

5

ニックはメレディスの微笑を頭から追い払うことができなかった。明かりのついたクリスマスツリーのように輝くその笑顔には、確かに見覚えがあった。前世で知り合いだったというような、ニューエイジのばかげた考えは、信じる気になれない。しかし、自分のこの感覚を、どう説明したらいいのだろう？　彼女にちょっと触れただけで、ホルモンが暴れだし、体が反応することに、彼はいらだっていた。

　ニックは、ホットサンドを食べているメレディスを見守った。なぜこの初対面の女性が、これほど強く自分に影響を及ぼすのだろう？　外見に関して言えば、メレディスはレイチェルよりも魅力的だというわけではない。はっきり言って、彼女はレイチェルほどグラマーでも、美人でもない。だが、どういうわけか、彼女のほうが印象的で、より……刺激的だ。

　ニックは、メレディスのそばに長くいればいるほど激しく心をかき乱されることに気づき、早く引きあげようと思った。それに、キンバリーを母親と対面させるのに、なんの障害もなさそうだとわかったからには、これ以上ここにとどまっている理由もなかった。

　母と娘の対面がどういう結果を招くか、ニックには判断がつかなかった。ただ、実の母親と会うまでは、キンバリーの心が落ち着かないことだけは確かだった。それに、実の母と娘を引き離したままでおくのはよくないように思えた。どういう結果になるかはわからないが、二人を対面させるしかないだろう。

「君の都合さえよければ、この土曜日にランチを一緒にするっていうのはどうかな？」ニックは尋ねた。

「何曜日でも、何時でもけっこうよ」メレディスは熱心な口調で答えた。

ニックは顔をしかめた。彼女の言葉はあまりにも楽天的に聞こえた。「仕事は？」

メレディスはにっこりした。その笑顔に、ニックはまたしても衝撃を覚えた。「自分で会社を経営しているんです。だから、時間の自由がきくの」ちょっぴり誇らしげな口調だった。

「どういう会社？」ニックは尋ねた。キンバリーが知りたがるだろうし、彼自身も興味があった。

「ホテルやレストランと契約して、花のアレンジメントを請け負う〈フラワー・パワー〉という会社なの」

ニックはコーヒーテーブルの上に飾られた花をちらりと見た。なかなかセンスがいいと、目にしたときから感心していたのだ。何種類かのグリーンの葉の間に高低をつけて三本の花が生けてある。シンプルだが、目を楽しませてくれる。「君の作品？」

「ええ。どうかしら？」

「なかなか斬新《ざんしん》で、すばらしい。アートを勉強したのかい？」

メレディスはうれしそうな顔をした。「いいえ。すべて実地で学んだの」

「たぶん、それが最善の学習法かもしれない」ニックは彼女の熱っぽい口調に好感を覚えた。「もちろん、君には持って生まれた才能があったんだろうけど」

「この仕事が好きなんです」キンバリーとそっくりの、うっとりするようなグリーンの瞳が輝いた。

「花は喜びを与えてくれるし、部屋を明るくしてくれるわ」

君もね、とニックは心の中でつぶやいた。ふいに、メレディスに特定の男性がいるのかどうか気になった。夫や同棲《どうせい》相手がいないからといって、彼女に愛している男性がいないということにはならない。自分にレイチェルがいるように。だが、ニックは心のどこかで、彼女に深い関係の男性がいることを拒否したがっていた。自分のそんな不合理な感情に気づき、ニックはまたしてもうろたえた。やはり、できるだけ早く話を切りあげて帰ったほうがよさそうだ。

　メレディスはホットサンドを食べおえ、元気を回復したように見える。もう大丈夫だろう。「オペラハウスの中の、〈ハーバー・レストラン〉を知っている?」

「ええ」

　そのレストランのデッキがいいだろう、とニックは思った。あそこなら、港の風景や通行人が、初めて対面する母と娘の緊張をいくらかでもやわらげてくれるはずだ。

「それじゃ、二時にテーブルを予約しておきます」ニックは立ちあがった。如才なく、微笑を浮かべて。「もう帰らないと……キンバリーが首を長くして待っているから。彼女は今夜、君のことを聞くまでは絶対に寝ないだろう」

　メレディスもすぐに立ちあがった。「どうぞ、会うのをとても楽しみにしていると、キンバリーに伝えてください」彼女の切々と訴えるようなまなざしが、ニックの胸を締めつけた。

　彼はやさしく警告しないではいられなかった。

「あまり期待しすぎないで、ミス・パーマー。キンバリーは今、進路のことでちょっと気持が不安定になっているんだ。来年、どの学校へ進むかで、僕と意見が対立していて……。君に会いたいと言いだしたのも、そのことと無関係ではないかもしれない。十二歳では、長い目で将来のことを考えるのはまだ無理なんだろうな」

メレディスは深呼吸をし、あきらめたような吐息をついた。「結果がどうあれ、ほんのしばらくでも一緒に過ごせるだけでいいんです。会うことを許してくださって、感謝していますわ、ミスター・ハミルトン」

帰り道、車を走らせながら、ニックは憂鬱《ゆううつ》な気分になった。メレディスの寝室の壁一面に飾られていた写真が脳裏に浮かぶ。赤ん坊を手放さなくてはならなかった母親の心痛を、彼はこれまで一度も思いやったことがなかった。それは、決して癒《い》えることのない深い傷となって残っているに違いない。いったいどういう理由で、メレディスは子供を手放す決心をしたのだろう？　そのとき、彼女は正常な精神状態だったのだろうか？　もしメレディスの家庭が厳格で、娘の妊娠を恥じて、彼女に援助の手を差し伸べなかったのだとしたら？

女性の年齢を見分けるのは苦手だが、メレディスはまだ二十代のようだ。とすると、出産したときはかなり若かったに違いない。たぶん、十四、五歳ぐらいだろう。その年齢で、家族の助けもなしに、一人で子供を育てていくのは無理だとあきらめたのだろうか？

〝私がキンバリーを手放す決心をしたのは、それがあの子にとって最善のことだと思ったからよ。あの子を愛していなかったからじゃないわ〟

あの悲痛な言葉。

姉はどんなつながりから、メレディスと個人的に養子縁組を結んだのだろう？　そのことをきくべきだった。今度会ったとき、忘れずにきこう。

キンバリーから写真のことを聞き、そのあと姉の古くからの弁護士に、そのことについて問いただすまで、ニックは姉夫婦が通常の手続きを経て養子縁組をしたものと思っていたのだった。デニーズとコリンの口からしばしば、公の機関に養子縁組を申しこんであることを聞いていたからだ。ニューヨークにいるニックのもとに、姉夫婦から赤ん坊を養子にもらったと知らせがあったとき、彼は単純に、リストの順番がまわってきたものと思った。そして姉夫婦の手紙には、養子が決まったこと以外はなにも書かれていなかった。

なぜ秘密にしたのだろう？

なぜ写真を送りつづけたのだろう？

姉の側になにかやましいことがあったのだろうか？　娘に対するメレディスの切ない愛情を知ったあとでは、自分がキンバリーを手元に引き取っていることに、気がとがめてしまう。しかし、キンバリーは僕の家族なのだ。僕はずっと姪《めい》のことを愛してきた。彼女をよそへやることなど耐えられない。たとえそれが実の母親のもとだろうと。

たぶん、話し合いを持たなくてはならないだろう。もちろん、それは母と娘の対面のなりゆき次第だ。

今の時点では、キンバリーがどういう反応を示すか、予測がつかない。

キンバリーがただ実の母親に会いたいだけなのか、それ以上のことをなにか期待しているのか、ニックにはわからなかった。

自宅のアパートメントのドアを開けたとたん、ニックは待ち受けていたキンバリーにつかまった。

「どんな人だった？　美人？　私に会いたいって？　会う日を決めてきた？」

「あとの三つの質問は、イエスだ。お願いだから、少し待ってくれないか！」飛びついてきたキンバリーの体を押し戻しながら、ニックは言った。

キンバリーは興奮のあまりじっとしていられないようで、両手を盛んに動かし、ポニーテールの頭を振り、期待に顔を紅潮させている。メレディスにそっくりの、きらめくグリーンの瞳がもどかしげにニックを見つめた。「もう、ニック叔父さんったら！

じらさないで、早く話して！　彼女のこと、全部よ！」

「まずミセス・アームストロングに支払いをさせてくれないか、キンバリー」ニックは、編み物をしまって帰り支度を始めた女性の方を向いた。「電話はなかったかい、フラン？」

「一件だけ、ミス・レイチェル・ピアスからありました。今夜お戻りになったら、いつでもけっこうですから、お電話をいただきたいとおっしゃっていました」荷物をまとめると、ミセス・アームストロングは戸口にいる二人の方に近づいてきた。やさしいほほえみを浮かべている。「キンバリーのお母さんとの対面、よい結果になるように祈っていますわ。なかなかむずかしい問題だと思いますけど……。よく雑誌なんかで……」

「人生は賭《かけ》のようなものだと思うよ、フラン。いちかばちか、やってみるしかないさ」相手の否定的な言葉をほほえみで制しながら、ニックは言った。

ミセス・アームストロングはうなずいた。彼女はいつもニックの意にそうように努めていた。五十代の世話好きな未亡人で、子供たちが成人してからは一人暮らしをしており、キンバリーの面倒をみることで生活の空洞を埋めているようだった。乱れないように、きっちりとパーマをかけたグレーの髪。ふっくらとした体型。落ち着いた地味な服装。いつも編み物を手放さない。彼女の願いは、早く〝お祖母《ばあ》ちゃん〟になって、孫の世話をすることだった。ニックは姪の面倒をよくみてくれる彼女に感謝していた。

彼は規定の謝礼にチップを加えた。

「ご親切に、ありがとうございます」それから、ミセス・アームストロングはキンバリーにやさしく言った。「それでは、また明日ね、キンバリー。興奮して一晩中起きてちゃだめよ。ちゃんとベッドに入って寝なさい」

「おやすみなさい、ミセス・アームストロング。今夜は一緒にいてくれてありがとう。ニック叔父さんからすべて聞き出したら、落ち着くと思う。そしたら、ちゃんとベッドに入るから」キンバリーは明るい声で約束した。

ミセス・アームストロングがうしろ手にドアを閉めるなり、キンバリーはまた集中攻撃を開始した。ニックにつきまとい、好奇心をまる出しにして質問を浴びせかけてくる。ニックはできるだけキンバリーの要求を満たしてやりたいと思い、彼女の質問に詳しく答えながら、ダイニングルームを横切り、リカーキャビネットの方へ歩いていった。強いアルコールの助けが必要だと思えたからだ。彼はポートワインのボトルの栓を抜き、グラスになみなみとついだ。

ニックはグラスを持って居間へ行くと、長年見慣れた室内を見まわした。ダイニングルームとつながった居間には、黒い革張りの椅子が置かれている。ガラスのテーブル、ブルーグレーの絨毯《じゅうたん》、黒のテレビやオーディオ装置、お気に入りの彫刻が数点、あまり目をやることもない前衛的な絵が何点か……。

ニックは、メレディスのアパートメントの居間を好ましく思った。この部屋よりもずっと温かみのある、彼女らしい個性的な部屋だった。カラフルな手作りのクッションや花や書棚に並んだ本など、すべてが彼女の一部のようにしっくりとなじんでいた。

それから、だれも入れたことがないとメレディスが言った寝室を思い浮かべた。

僕は見てはいけないものを、そう、彼女の心の奥底を、見てしまった……。

ニックは深々とソファに腰かけ、心を落ち着けようとした。まだ重要な任務が残っていた。実の母親に対してどのようにふるまうべきか、姪に話しておかなければならない。キンバリーは向かい側のソファに寝そべり、メレディスに関する情報を聞き出してしまうと、ふいに、土曜日にはなにを着ていこうかしら、と思案顔でつぶやいた。自分を産んだ母親によい印象を与えたいのだろう。ニックは内心身構えながら、微妙な話を切り出した。

「君がとても興奮するのはわかるよ、キンバリー」彼は静かに言った。「でも、土曜日は実のお母さんと初めて対面するのが目的なんだ。そのことを忘れないように。ほかに魂胆があるのなら……」

「そんなものはないわ、ニック叔父さん」キンバリーは顔をしかめてさえぎった。

「たとえば、ミス・パーマーを味方につけて、僕やレイチェルに対抗しようと思っているのなら、そんな考えはきっぱり捨てなくてはいけないよ」

キンバリーは顔を赤らめ、視線をそらした。

「ミス・パーマーは娘の君を手放したことで深く傷ついている。そのことを忘れないでほしい」ニックはまじめな口調で続けた。「君の学校の問題に彼女を巻きこんだりしたら、彼女は娘に利用されていると感じるかもしれない」

キンバリーの顔にはっきりと居心地の悪そうな表情が浮かんだ。彼女はブルーのクッションをつかんで引き寄せると、挑戦的に目を光らせた。「私がどの学校に進みたいと思っているか、彼女だって関心があるんじゃない？」

「それはあると思うよ。だから、なおさら彼女を絶望的な気分にさせるだろう。なぜなら、彼女はそのことについてなにも意見を言えないんだからね。彼女は君を養女に出すことに同意したとき、君の人生に口出しする権利を失ったんだ」

「そんなの、フェアじゃないわ！」キンバリーは叫んだ。「彼女は私の実の母親なのよ」

「キンバリー、君は彼女に会いたいのかい？　それとも、彼女を利用したいのかい？」ニックは厳しく問いただした。

「もちろん、彼女と会いたいだけよ……」キンバリーはうろたえた顔で言い返した。

ニックはなおも厳しい口調で続けた。「生まれてすぐに手放した子供に会えることを、彼女はずっと夢見ていたんだよ。その夢が実現した席で、自分の個人的な問題で不平を言うような、はしたないまねをしないでほしいんだ」

「夢？」

「彼女はいつも君の写真を眺めながら、君に一目会いたいと思いつづけてきたんだよ。僕は彼女に君のことを誇りに思ってほしいんだ、キンバリー。もし彼女を失望させたら、それは赤ん坊のときから君を愛し、育ててくれたママの責任になる。ママが君をどんなに立派に育てたかを、彼女に見せてほしいんだ」

キンバリーの顔がゆがんだ。「ママは、私が彼女と会うのを気にしないわよね、ニック叔父さん？　だって、ママは写真を送っていたのよ。私がどんなに成長したか、ママは彼女に見てほしかったんだわ」

「今度の対面を、ママは喜んでくれると思うよ、キンバリー。でも、ミス・パーマーが君を見て、礼儀正しくて、やさしい、いい娘に育ったと思ったら、そして、自分にはこんなにうまく育てられなかったと思ったら、ママはもっと喜ぶと思うよ。ほら、ママは礼儀作法や人に対する思いやりをとても大事にする人だったろう？」

キンバリーの目に涙が光った。「お行儀よくするわ、ニック叔父さん」彼女はソファから飛びおりると、ニックの膝にのり、首に抱きついて、肩に顔をうずめた。「ママが私のことを誇りに思うようにふるまうわ。約束する」キンバリーはかすれた声でささやいた。

ニックはキンバリーを抱き締め、その髪に頬をすりつけた。彼女のあけっぴろげな愛情表現に、まだまだ子供なのだといとおしくなる。キンバリーを手放すことなどできない。彼女は自分に残されたたった一人の家族なのだ。しかし、メレディスのじっと秘めてきた娘への愛を思うと、自分がどうしようもない苦境に立たされた気がした。

「きっと君の実のお母さんは、君のことをすばらしい娘だと思うよ」ニックはささやいた。「彼女にとって、これまでで一番すばらしいクリスマスプレゼントになるだろう」

キンバリーは大きくため息をついた。「彼女に、私のことを好きになってほしいわ」

「大丈夫、彼女はきっと好きになるさ」ニックはキンバリーのこめかみにキスをした。「さあ、もう寝なさい。楽しい夢を見たらいい」

「おやすみなさい、ニック叔父さん。いろいろとありがとう」キンバリーはニックの頬に軽くキスをした。そして、部屋を出ていきかけて、戸口でちょっと立ちどまった。「彼女のことを……本当のお母さんのことを、ずっと想像していたの。自分が養女だと知ったときからずっと、どんな人だろうって思いつづけていたのよ」

キンバリーは答えを待たずに立ち去った。ニックは一人になると、自分の夢について考えた。どうして潜在意識にメレディスが入りこんだのだろう？ たぶん、以前に彼女の写真をどこかで見たことがあるに違いない。姉が彼女と知り合いだったとしたら、彼女の写真を持っていた可能性がある。

でも、どうしてその写真を覚えていないのだろう？ それに、姉のアルバムにはほかの女性の写真もあったはずなのに、なぜ彼女だけが夢に現れるのか……。それも、僕に呼びかけておきながら、僕がつかまえようとすると、じらすように僕の手から逃れるのは、どうしてだろう?

ニックはよく見る夢について、いまだに〝運命の相手〟と言える女性にめぐり合えない自分の失望を表しているのだと考えていた。そして夢に登場する女性は、自分の求める理想の女性がどこかにいることを示しているのだと解釈していた。彼女はきっと、自分がさがし出してくれるのを待っているのだと。

しかし、夢の中の女性と現実に出会うとは……。ニックは歯をくいしばった。これを超常現象だと見なすつもりはなかった。この〝偶然の一致〟には、合理的な説明がなくてはならない。それに、メレディスが自分に与えた強烈な刺激についても……。

ニックは脳裏につきまとって離れないメレディスの姿をきっぱりと振り払うように、ソファから立ちあがると、レイチェルに電話をかけるためにキッチンへ向かった。十一時近かったが、彼女が十二時前にベッドに入ることなどめったにない。それに彼女は、戻ったら電話が欲しいと言っていた。レイチェルと話をすることで、正気を取り戻せるかもしれない。

電話線の向こうから、レイチェルの声が聞こえてきたとき、ニックは明るいはきはきした彼女の口調と、もっと落ち着いたメレディスの口調とを比べている自分に気づき、いらだった。「ニックだけど」彼は急いで言った。

「あら、ニック。電話してきてくれてうれしいわ」いつもならその温かい声はニックの気分を明るくしてくれるのだが、今夜は効果がなかった。「ハーヴィー・シンクレアのヨットで開かれるクリスマスのカクテルパーティに招待されたの。土曜日の夜、六時からなんだけど、私のパートナーとして一緒に出席してくれない?」

ハーヴィー・シンクレアは財界の大物だ。レイチエルが出席したがるのも無理はない。そうしたパーティでは、コネを作るチャンスが多いからだ。ふつうなら、ニックは即座にイエスと答えていただろう。だが、今日の彼はためらい、断る理由をさがしていた。

「ちょっと、その気になれないんだ」ニックは正直に答えた。「だれかほかにパートナーを見つけられないか?」

少し間があった。「なにか問題でもあるの、ニック?」

ニックはため息をついた。「土曜日に、キンバリーと実の母親の対面を予定しているんだ。どういう結果になるか、わからないのでね」

「それで、あなたも同席するわけね。わかるわ、ニック。微妙な問題だから」

「ああ」ニックは、状況をすばやく判断するレイチェルの理解力に感謝した。彼女に対しては多くを説明する必要がないから、いつも会話はスムーズに運ぶ。

「気にしないで」レイチェルは気分を害したふうもなく言った。「あなたの都合が悪ければ、一人で出席するつもりだったから。今度会ったとき、パーティのようすを話してあげるわ」

「楽しみにしてるよ」

「親子の対面……うまくいくといいわね。キンバリーにとって、いい結果になるように祈ってるわ」

「ありがとう、レイチェル。あの子が君にひどい態度をとって、すまないと思っている」

「気にしてないわ。キンバリーはいろいろあって悩んでいるのよ。私に当たることで、少しは気が晴れるんだと思うわ」

洞察力に富んだレイチェルの言葉に、ニックはほほえんだ。「土曜日の夜はせいぜい楽しんできたらいい。それじゃ、また」

なごやかな雰囲気のうちに電話は切れた。ニックはレイチェルとの関係の心地よさを改めて思った。それはなんの束縛もない、気楽なつき合いだった。ただ、二人の関係には情熱が欠けていた。

ベッドに入ってからも、ニックはそのことを考えていた。レイチェルは常に冷静だった。それは彼も同じだ。二人とも並はずれて理性的で、感情が激しく揺れ動くことがない。だから、二人のつき合いは平穏そのものだった。

情熱はジェットコースターであり、爆発的な力であり、旋風だ。ニックはふいに気づいた。メレディスと一緒にいたときに自分が感じたものが、まさに情熱だったことに。

情熱――それは平穏をかき乱すものだった。

そして、強烈に心をそそるものだった。

6

メレディスは時間をつぶそうと、サーキュラー・キーを縁取る広いプロムナードをゆっくりと散歩した。ランチの約束の時間まで、まだかなり間があった。早々と家を出たのは、アパートメントにいたら、娘との大事な対面に最もふさわしい装いをしようと迷いに迷い、不安に駆られて何度も着替えを繰り返しそうだったからだ。

メレディスは、十二歳の女の子が母親に求める服装を思い描こうとした。都会的なしゃれた格好、やさしい女性らしい装い、カジュアルで親しみやすいファッション、華やかでシックな装い――さまざまなスタイルが考えられた。ワンピースがいいか、スーツがいいか……スカートがいいか、スラックスがいいか……それともジーンズにしようか。あれこれ迷い、四回も着替えた末に、結局、少しフォーマルすぎるようにも思ったが、自分が一番気に入っているコットンのピケのスーツにしたのだった。

白地にレモンイエローの花柄のスーツは、メレディスによく似合った。半袖《はんそで》のジャケットには、ほっそりした首とダークブロンドの長い髪を引きたてる、幅の広い白の折り襟がついている。タイトスカートは流行の膝上丈で、おそろいのレモンイエローのローヒールの靴とハンドバッグが装いを完璧《かんぺき》なものにしていた。

メレディスはキンバリーに母親を誇りに思ってほしかった。それに、どんなにばかげていようと、ニックの目をもう一度自分に引きつけたかった。十三年前と同じように。

現在のニックについて――この十数年間に彼がおさめた成功や、それに伴う生活の変化などはほとんどなにも知らない。だが、若いころの二人の恋の記憶がよみがえり、心の奥に消えずに残っていた夢がメレディスを苦しめていた。夢はたやすく消えなかった。この真昼の明るい日差しの中でさえ。

これ以上の晴天は望めないだろうと、メレディスは思った。港のきらめく水面に、雲一つない夏の青空が映り、オペラハウスの白い屋根が、日の光を浴びてきらきら光っている。ボートやフェリーの泡立つ真っ白な航跡。だれもが生きていることの喜びを感じないではいられないような日だ。

まるでカラフルな川の流れのように、おおぜいの幸せそうな観光客が行き交う。どこもかしこも、クリスマスムード一色に彩られていた。光り輝く華やかな飾りつけ、プレゼント用にと商品を売りつけようとする露天商。大道芸人たちがクリスマスキャロルを演奏している。陽気で温かい雰囲気があたりに満ちていた。キンバリーが、クリスマスに一度実の母に会ってみたいと頼んだことを、メレディスはもう気にしていなかった。今日がスタートなのだ。これから先どういうことになるか、だれにわかるだろう?

港をまたぐ巨大な橋——〝ゴート・ハンガー〟を背景に、記念写真を撮っているグループがいる。メレディスはにぎやかに笑いながらポーズをとっている一団に微笑を誘われ、なおさら気分が高揚するのを覚えた。どんなことも可能な気がした。

ニックは覚えていなかったけれど、十三年前の今日、二人は初めて出会ったのだ。もしあのときと同じように、彼の目を引きつけることができたら、二人の間に再び魔法にかけられたような恋が生まれないだろうか?

メレディスがオペラハウスの広々としたデッキに着いたとき、約束の時間まではまだ十分あった。だが、彼女は先に来て待っていたかった。最高の景観が望めるデッキには、港の景色を眺めている多くの人の姿があった。しかし、メレディスはすぐにニックを見つけた。彼は横顔を見せて、水上タクシーの発着所の近くにある手すりに寄りかかっていた。

メレディスは足をとめ、一息入れて、動悸《どうき》がいくらかおさまるのを待った。ニックのそばにいる少女に視線が吸い寄せられる。少女はこちらに背を向け、湾の方を見ていたが、成長した自分の赤ん坊に違いないことはすぐにわかった。

少女は年のわりには背が高く、伸び盛りの子供特有のしなやかでほっそりとした体つきをしていた。白地にオレンジ色とレモン色でなぐり書きしたような模様のTシャツに、ライムグリーンのジーンズを合わせている。黒い髪をレモン色の髪飾りでポニーテールにし、白のソックスにレモン色のスニーカーをはいていた。

キンバリーは明るい色が好きらしい。メレディスは、自分の選んだ服の色が娘の好みに合っていそうだとわかってほっとした。

ふいに、ニックがデッキを見まわした。メレディスはじっと彼を見つめた。再び胸がどきどきしはじめた。二人の視線が合ったとき、ニックの表情がこわばった。かつて覚えのある衝撃的な瞬間……。メレディスは全身の神経が金切り声をあげたような気がした。今度こそ、ニックは私のことを思い出したのではないだろうか？　彼の記憶の一部がよみがえったのではないだろうか？　ニックは、まるで蜃気《しんき》楼《ろう》でも見るように彼女を見つめていた。

しかし、やがてニックは催眠術にかかったような状態から抜け出し、メレディスから視線をそらすと、キンバリーの肩に手を置いて、なにかささやいた。少女は即座に反応し、まわりを見まわした。期待と興奮で緊張した、生き生きとした表情だ。その視線がすばやく人々の顔の上を移動していく。

メレディスは吸い寄せられるように娘に向かって歩きだした。二人の間の距離を縮めたいという衝動に突き動かされ、しだいに足が速くなる。こみあげてくる愛情と、生きて娘に会えた喜びに我を忘れ、思わず〝ここよ！〟と叫びだしそうだった。娘に駆け寄り、抱き締め、これが夢でないことを確かめたかった。

ニックが手を上げてこちらを指さし、さらにキンバリーになにか言った。キンバリーがメレディスにぴたりと焦点を合わせた。驚きのあまり目をまるくし、口をぽかんと開けて、呆然《ぼうぜん》とメレディスを見つめている。ニックがあわてたようすで近づいてきた。メレディスに、もっとゆっくり歩いてこいと警告しそうな勢いだ。

メレディスははっとした。自分の内部で渦巻いている激しい衝動が、ニックとキンバリーに警戒心を抱かせるかもしれない。そのことに気づき、彼女は激情を押しとどめようとした。あまりにも性急に多くを望むのは、賢明ではなかった。私はキンバリーにとって初めて会う見知らぬ相手なのだ。まず彼女の信頼と愛を獲得しなくてはならない。

涙で目がかすんだ。メレディスは懸命に感情を抑えようとした。そう、笑顔よ、と自分に言い聞かせる。少なくとも、ほほえむことで、自分の愛情を示すことができる。ニックの前で、メレディスはなんとか立ちどまると、娘に向かってにっこりほほえんだ。顔がかすかにこわばっているのはわかっていたが、精いっぱい明るく、ようやく会えた喜びをこめて。

「キンバリー……こちらが君のお母さんの……ミス・メレディス・パーマーだ」ニックが礼儀正しく紹介した。

キンバリーは口を閉じ、ごくりと唾《つば》をのみこんだ。くい入るようにメレディスの顔を見つめたままで。

「会えて、とてもうれしいわ、キンバリー」メレディスはかすれた声でようやく言った。

「とってもきれいだわ」感嘆のこもった声が返ってきた。

「あなたもね」メレディスにはそれしか言葉が見つからなかった。それは本当だった。ニックの黒い髪にメレディスのグリーンの瞳という組み合わせは、とても印象的だった。キンバリーは父親と母親の最もすばらしい特徴を受け継ぎながら、彼女独特の魅力をそなえていた。

「まず、〝こんにちは〟と挨拶《あいさつ》したらどうだい、キンバリー」ニックがやさしくたしなめた。

キンバリーは顔を赤くしながら、すばやく握手の手を差し出した。「こんにちは」彼女は言われたとおりに繰り返した。「来てくださって、とてもうれしいわ。ごめんなさい、すぐに言葉が出てこなくて。

ニック叔父さんが、とてもきれいな人だって言ったけど、モデルにだってなれるわ。ほんとよ！」

その熱のこもった無邪気な言葉に、メレディスはほほえみながら娘の手を握った。が、またしても、顔がこわばりそうになった。柔らかくて若々しい肌の温かい体温が伝わってくる手。夢ではなくて、本物の手だった。そのうっとりするような感触に、メレディスは頭がくらくらした。会話を交わすには努力が必要だった。

「一日だってあなたのことを考えない日はなかったわ。あなたがどこで、どんなふうに暮らしているのかと、毎日考えていたのよ」メレディスはやさしく言った。「あなたには立派なご両親がいることがわかっていたから、それがいつも慰めになっていたわ。ご両親が亡くなったこと、本当に残念だったわね、キンバリー」彼女は華奢《きゃしゃ》な手を力をこめて握り締めずにはいられなかった。「そのとき、あなたのそばについていてあげられたらよかったのに」

「大丈夫」はにかんだような声が返ってきた。「ニック叔父さんがいたから。叔父さんはとてもよくしてくれるの」

「うれしいことを言ってくれるね。最近、君の口から聞いた最高のほめ言葉だ」ニックはからかうように言った。「ちゃんと書きとめておこう。証人になってくれますね、ミス・パーマー？」

その言葉は緊張した雰囲気をやわらげるのに役立った。

「ニック叔父さんったら！」キンバリーが目をくるりと動かしてニックをにらんだ。「叔父さんもけっこう忘れん坊なんだから」彼女は握手の手を引っこめ、責めるように言った。「今日はいい話だけをすることになっていたはずよ」

「悪かった、僕が間違っていたよ」ニックはわざとらしく悔やんでいるように言った。「今後、ミス・

パーマーには、君は天使のような完璧な女の子だっね」

て話すよ」

キンバリーはいらだたしげにため息をついた。

メレディスは声をたてて笑った。その打ちとけたやりとりは、二人の間に通い合う愛情を感じさせた。娘は幸せそうで、ニックがキンバリーの面倒をよくみているのは確かだった。

キンバリーは訴えるような目でメレディスを見た。

「私は天使のように完璧じゃないわ……」

「だれだってそうよ」メレディスは安心させるようにほほえんだ。「さあ、今日はせいぜい楽しく過ごしましょう」

「まず食事をしよう」ニックが口をはさんだ。「君はどうか知らないけど、ミス・パーマー、今朝から僕のまわりには不安が渦巻いていたものだから、すっかり食欲を失ってしまって、朝食はほとんど食べていないんだ。もう飢え死にしそうなほど腹ぺこで

ニックは実にうまく対処していた。まったくぎこちなさを感じさせないで、スムーズに会話を運んでいる。メレディスは目で彼に礼を言った。「そうね、それがいいわ」彼女はニックの提案に賛成し、キンバリーの方に左手を差し出した。さあ、と促すようにほほえみながら。

キンバリーはメレディスの手を取った。「ニック叔父さんの話だと、ここのレストランの料理はとってもおいしいんですって。気に入るといいけど」キンバリーは熱心な口調で言った。

「気に入らないはずがないわ。眺めもすばらしいし……」それに、最高の連れと一緒だもの。メレディスは胸がいっぱいになった。だが、感情を表に出したりしたらキンバリーを当惑させると思い、なんとか自分を抑えた。彼女は娘と手をつなぎ、好きな食べ物について話しながら、歩いていった。

デッキのレストラン部分は、細長く刈りこまれた灌木《かんぼく》で区切られている。ウエーターはニックの名前をきくと、三人をテーブルへ案内した。大きなパラソルが心地よい日陰を作り、強い日差しから守ってくれている。

テーブルからは、植民地時代の初期に凶悪犯の流刑地だった小さな島――フォート・デニソンが見えた。その島は〝しみったれ〟島と呼ばれている。流刑囚たちはごくわずかな食料で長い歳月を過ごさなければならなかったからだ。自分とキンバリーの関係と同じだ、とメレディスは思った。年に一度送られてくる写真をひたすら待つだけの長い孤独な日々が思い出された。

椅子に座ると、メレディスはひそかに娘を見つめ、写真では決してわからない細部を観察した。娘の生き生きとした身ぶり、豊かな表情、賢そうな目の輝き、片方の頰のえくぼ、叔父だと信じているニックに言い返すときに突き出される顎……。

すぐに、冷たいミネラルウオーターの入った水差しとメニューがきた。なにをオーダーするか、ひとしきり相談し合う間に、さらにリラックスしたムードが生まれた。しかしメレディスは、キンバリーが機会をとらえては自分を観察しているのに気づいた。彼女は、娘が見て取った母親のすべてを気に入ってくれることを願った。

メニューの文字がかすんで見えた。料理はなんでもよかった。はたして料理の味がわかるかどうかさえ疑わしかった。ウエーターが戻ってきたとき、キンバリーは魚のムニエルとフライドポテトを注文し、メレディスも同じものを頼んだ。ニックはチキン料理を選び、三人分のグリーンサラダを加えて注文した。彼はメレディスに、ワインのボトルを頼もうかと尋ねたが、彼女は断った。知覚を少しでも鈍らせたくなかったからだ。そこで、飲み物は三人ともジユースにした。

「ニック叔父さんから聞いたんだけど、バルモラルに住んでるのね。海が好きなの？」キンバリーが尋ねた。

「ええ、大好きよ。北の海岸沿いのコフス・ハーバーで生まれ育ったの」メレディスはその町で出会った男性の方をちらりと見た。ニックの表情からは、その海辺の町の名前に対する特別な反応は読み取れなかった。「海は子供のころの遊び場だったわ」彼女はキンバリーに向かってつけ加えた。「シドニーに来てからも、ずっと海辺に住んでいるのよ」

「故郷の我が家を思い出させるから？」

いいえ、思い出すのは〝我が家〟じゃないわ。メレディスは首を振りながらそう思った。継母は〝我が家〟を与えてはくれなかった。「海はたくさんの喜びを与えてくれるからよ」彼女は答えた。「海岸を散歩しながら、新鮮な空気を吸ったり、サーフィンをしたりね。あなたはどう？　泳ぎは好き？」

「ええ」キンバリーの目が誇らしげに輝いた。「泳ぎは得意なの」

「ずいぶん謙虚なんだね」ニックが皮肉っぽく言った。「キンバリーは今年の水泳大会で、学年で一位になったんだ。レギュラー選手なんだよ」

キンバリーはうれしくてたまらないような笑い声をもらした。「ニック叔父さんがこの夏休みにウインドサーフィンを教えてくれる約束なの」

「それはすてきね」メレディスは心臓がどきどきしだした。十三年前に彼から同じようにサーフィンを教えてもらった記憶が、ふいによみがえってきたからだ。風をとらえ、水面をすべるように進み、波に乗る。その爽快《そうかい》な気分……。自分を見守り、一緒に楽しんでくれる彼がいたから、いっそう夢中になった。

自分がかつて手にし、そして失ってしまったものを思うと、心が激しくうずいた。メレディスはキンバリーが実の父親ととてもうまくいっているのを喜びながらも、仲のよい二人のようすを目にし、肌で感じることで、これまでずっと二人から締め出されてきたという思いに、胸が苦しくなった。自分が味わえなかった経験……決して取り戻すことのできない時間……。思い出は目の前の二人のもので、メレディスのものではなかった。

「ミス……ミス・パーマー？」キンバリーがためらいがちに呼びかけた。

ミス・パーマー——よく知らない他人に対する呼びかけ。

メレディスは反射的に自分のもの思いに蓋《ふた》をし、なんとか視線を上げて、ほほえんだ。「なあに？」

キンバリーが心配そうに目をのぞきこんだ。「なんだかとても悲しそうな顔。私、なにか悪いことを言ったかしら？」

「いいえ」メレディスの微笑がゆがんだ。「ただ……あなたが水泳大会で優勝したとき、そばにいて応援してあげられたら、どんなによかったかと思って……」

「ママがいつも応援に来てくれたから」

ママ——その言葉はメレディスの心臓を貫いた。でも、デニーズ・グラハムは、キンバリーがウインドサーフィンをする姿を、見たくてももう見られないのよ。メレディスは自分にそう言い聞かせた。過ぎ去った時間を取り戻すことはできないのだ。そのことを嘆いても仕方がない。それよりも、未来に目を向けるべきだ。

「きっとお母様はあなたのことを誇りに思っていらしたと思うわ」メレディスはできるだけやさしく言った。

キンバリーはぎこちなく座り直した。「なんだか変な感じがするわ。あなたが本当のお母さんなのはわかっているけど……でも、ママはママよ。それに、あなたはとても若く見えるし……」

「私のことをなんて呼んだらいいのか困ってるのね？」メレディスは助け船を出した。

キンバリーは訴えるように言った。「ニック叔父さんは、ファーストネームで呼んだらいいんじゃないかって……もしあなたさえかまわなければね。あなたのことをミス・パーマーと呼ぶのはちょっと堅苦しい感じがするでしょ」

「メリーと呼んで」その特別な名前が、考える前に口をついて出た。

「メリー……メレディスを縮めた呼び方ね」キンバリーは考えをめぐらすように言った。「みんなそう呼ぶの？」

メレディスはためらい、一瞬ニックに目をやった。彼はいぶかしげにメレディスを見つめ返した。メリーという愛称の記憶はまったくないらしい。そのつらい事実に、メレディスは娘に告げずにはいられなくなった。「私をそう呼んだのは、これまでたった一人の人だけよ」

「お母さん？」すばやく質問が返ってきた。

「いいえ」

「それじゃ、だれ？」興味をそそられている声だ。

自分のことだとは気づいていないニックの前で、その愛称のいきさつを話すことに、メレディスは残酷な満足感を覚えた。「あなたのお父さんよ、キンバリー。あなたの本当のお父さんだった男性。私と出会ったとき、彼は言ったの。心の中に世界中のクリスマスツリーの明かりが一度にぱっとついたような気がしたって。それから彼は私の名前を尋ねたわ。私が答えると、彼は首を振って、言ったの……」

ふいに息がつまった。これまでの人生でたった一度の恋の記憶が、生き生きとよみがえってくる。あれから十三年後、私のことを忘れてしまったかつての恋人と、二人の熱烈な恋の結果生まれた娘に、こうして会っている……。

「彼はなんて言ったの？」実の父親の話に、キンバリーは興奮して、早く話してと目で訴えている。

メレディスは先を続けるしかなかった。今さら話を取り消すことも、打ち切ることもできなかった。

彼女はニックが静かに耳を傾けているのを強く意識し、胸がいっぱいになったが、なんとか言葉を継いだ。「メレディスじゃなくて、メリーだって。メリーじゃなきゃだめだって。私は笑いながら、彼にどうしてって尋ねたの……」

「そしたら？」キンバリーが促す。

メレディスは平静な声を保とうと、深呼吸をした。

「ちょうど今ごろと同じ、クリスマスの時期だったの。私を見つめる彼の目がきらきら輝いていたから、私は自分に向かって美しい花火が降りそそいでいるような気がしたわ。あの瞬間と、彼が答えた言葉は、決して忘れたことがないのよ」メレディスは言葉を切り、涙をこらえようとした。

キンバリーは最後まで話を聞こうと、息をつめて待っている。

ニックは無言のまま、身動きもしなかった。

「メリー……」メレディスは強烈な記憶を一人胸に抱き締め、つぶやいた。二人から顔をそむけ、かつて牢獄《ろうごく》として使われた石造りの城塞《じようさい》に打ち寄せる波を見つめながら。過去の出来事だ、と彼女は思った。それは遠い過去の、忘れられた話だった。メレディスだけがその言葉を覚えていた。言われたときのままに、正確に。そのうれしそうな声が耳に響き、彼女の声をやさしくした。「なぜなら、君は僕のメリークリスマスだから、って」

7

〝心の中に世界中のクリスマスツリーの明かりが一度にぱっとついたような気がした……〟

なんと適切な表現だろうと思いながら、ニックはそのイメージを彷彿《ほうふつ》どさせる目の前の女性をじっと見つめた。彼女の心を読み取ることができたらいいのに。なぜ彼女はこれほどまでに僕の心をかき乱すのだろう？

さっき、人込みの中にメレディスを見つけたときの感情について、ニックは考えまいとしていた。彼女はじっと立っていた。全神経を彼に集中して。二人の間の距離を超えてメレディスから伝わってくるエネルギーが、ニックの神経組織に大量の電流をそそぎこんだような感じがした。その強烈な衝撃に、ニックは数秒間、呆然《ぼうぜん》と立ち尽くした。

いったいなぜだろう？　メレディスはニックを面くらうほど強く肉体的に引きつけるだけでなく、確かに見覚えがあるという既視感《デジャ・ビュ》で悩ませつづけていた。その謎《なぞ》を解き明かすには、彼女が自分のことをもっと明かすまで待つことだと、彼は判断した。

キンバリーの実の父親がどういう人間かは知らないが、そんな気のきいたせりふを言うとは、きっと口のうまい女たらしに違いない。その男が甘い言葉で〝メリークリスマス〟を誘惑して妊娠させたことも、誠実さと責任感が試される事態になったときにさっさと逃げ出したことも、明らかだった。

メレディスがそのプレイボーイにどんなに夢中だったかは、彼の記憶をたどっているらしいもの悲しげな表情を見れば、一目瞭然《りょうぜん》だった。それに、赤ん坊とともに捨てられたとき、彼女がどれほど過酷な現実に直面しなければならなかったかも……。

メレディスはまだほんの子供だったはずだ。人を疑うことを知らない無邪気な娘は、ロマンチックな恋に憧《あこが》れていたのだろう。たぶん、初めての恋だったに違いない。奇妙なのは、彼女が自分を捨てた恋人を恨んではいないらしいことだった。まるでその思い出を懐かしがっているようにさえ見える。

キンバリーが感動したように大きく吐息をついた。「とてもすてきなお話だわ。話してくれて、ありがとう、メリー」

メレディスの表情が再び明るくなった。「あなたのお父さんと出会ったあのクリスマスは、これまでの私の人生で最もすばらしいクリスマスだったわ。今日あなたと会えたことで、今年のクリスマスも最高にすばらしいものになりそうよ」

「でも、今日までの間に、ほかにも楽しいクリスマスはあったでしょう?」実の母親がずっと孤独なクリスマスを過ごしてきたと考えるのは、キンバリーには耐えがたいことなのだろう。彼女にとって、クリスマスは一大イベントのはずだから。「クリスマスを一緒に過ごす家族はいないの?」キンバリーは気づかわしげに尋ねた。

メレディスは悲しそうに首を振った。「私が八つのときに母は亡くなったの。十二歳のとき、父は再婚したわ。そして、私が十四のとき、釣りをしていて大波にさらわれ、溺《おぼ》れて死んだの」彼女は顔をしかめて、つけ加えた。「私と継母《ままはは》を残してね」

「その人のこと、嫌いだったの?」キンバリーはあけすけにきいた。

「私たちはあまりうまくいってなかったの」メレディスは事実より控えめに答えた。

キンバリーは当てつけるようにじろりとニックを見た。言おうとしていることは明白だった――私は継母なんかいらないの、もしレイチェルと結婚するつもりなら、そのことを覚えておいて。

しかし、レイチェルと結婚するという考えは、いつしかニックの頭から消え去っていた。ニックの関心はもっぱら、テーブルに向かい合って座っている女性に向けられていた。

ニックをひとにらみしてから、キンバリーは実の母親との会話に戻った。「きっと、その人はあなたと一緒に暮らしたくなかったのね」

「ええ」メレディスは認めた。「彼女にとって、私はずっとじゃま者だったの。そのじゃま者の娘がとうとう十六歳で妊娠したものだから、ずいぶんひどいことを言われたわ。でも、みんな本当のことじゃなかった」彼女の表情がやわらいだ。「私はあなたのお父さんを心から愛していたのよ、キンバリー。彼は、私がこれまでに愛したたった一人の人だった」

その深い感情のこもった声に、ニックは胸を締めつけられた。彼は不合理な嫉妬《しっと》を感じて、いらだった。メレディスを裏切った男ではないか。いつまでも思いつづける価値などないはずだ。彼は貴重な宝物を手に入れながら、それを惜しげもなく捨て去ったのだ。ニックの中のなにかが、〝たった一人の人〟とメレディスが言った、その男に激しく反発していた。

メリー……まったく！　なんて魅力的な愛称だろう。だが、ニックはその名前を断じて使うまいと心に誓った。キンバリーにとっては、実の父親とつながる懐かしい響きを持つ名前だろうが、彼はメレディスの昔の恋人がつけたその愛称を、本能的に拒否した。

「いったいなにがあったの？」キンバリーが困惑したように眉をひそめ、メレディスに尋ねた。「その……どうして彼はあなたから去っていったの？　あなたが妊娠しているっていうのに、どうしてそんなひどいことができたの？」

キンバリーをごまかすことはできない、とニックはひそかにうなずいた。まだ十二歳なのに、彼女は事の核心をずばりと突いた。娘に問いただされれば、メレディスももっと冷静に過去を見つめざるをえないだろう。

「ときには、本人の力ではどうにもできないことが起きるのよ、キンバリー」

その悲痛な声の響きが、再びニックをいらだたせた。「どういうことだい？」思わず尋ねてから、ニックはうろたえた。メレディスの過去は、彼には関係のないことだった。キンバリーがそのことについて尋ねるのはかまわなかったが、彼は口を閉じているべきだった。

グリーンの瞳がじっとニックの瞳を見つめた。彼は、その瞳がなにかを訴えかけているような、奇妙な感覚にとらわれた。どう説明したら、あなたを納得させられるかしら、と問いかけているような……。

「彼は二十二歳だったけど、私は自分の年を隠していたの」メレディスは静かな声で言った。「彼は私が十六歳だと知ると、私がもう少し大人になるまで待つべきだと考えたのよ。そうするのがフェアだって。それで、お互いに気持が変わらなければ、毎年クリスマスカードを送り合おうと約束して、私たちは別れたの」

「でも、妊娠しているとわかったとき、彼に知らせなかったの？」キンバリーが尋ねた。「そんな大事なことを言うのを、クリスマスまで待とうと考えたの？」

メレディスが視線を姪《めい》の方に向けたので、ニックはほっとした。

「連絡を取ろうとしたわ。でも、彼の状況が変わってしまっていたの。彼はアメリカに留学していて、私には連絡を取る方法がなかったのよ」

「それで、その年のクリスマスに、彼からカードは届いたの？」キンバリーがせきたてるようにきいた。

メレディスは憂い顔で首を横に振った。「届かなかったわ、私の知る限りではね。もし彼がカードを送ってくれたとしても、ごみ箱行きになっていたかもしれないわ」

十分考えられるその悲劇的な結果に、キンバリーが心を痛めているようすがありありと見て取れた。

「それで、結局、彼はあなたのところには戻ってこなかったの？」キンバリーは悲しそうな声で尋ねた。

戻ってこないなんて間違っている、そんなひどい話ってあるかしら？　ニックには姪の心が読めた。彼女の幼く信じやすい心は、母親が話したような愛が裏切られるはずはないと叫んでいた。実の父親がなぜメリーを捨てたのか、キンバリーは納得のいく理由を求めていた。

メレディスは緊張した雰囲気をやわらげようとするように、無理に笑顔を作った。「時間がたてば人も変わるのよ、キンバリー。人はまた新しい出会いを経験するわ」

その悟りきったような答えに、ニックのいらだちはつのった。あまりにも寛大すぎはしないだろうか？

キンバリーはまた大きくため息をついた。今度は深い不満を表すため息だ。彼女は話を曖昧《あいまい》なままにしておきたくないようだった。「でも、あなたはとてもきれいだわ、メリー。彼があなたのことをどうして忘れられたのかわからない」

ニックはメレディスの顔に苦痛の色がよぎるのを見た。彼は姪の質問を内心奨励していた自分にやましさを覚えた。当然、メレディスはキンバリーの質問に答えざるをえないと思っていることだろう。たぶん、娘に非難されることを恐れながら。自分とキンバリーは、メレディスに対して好奇心より同情を優先すべきだったのに。彼女がどれほどつらい時期を通り抜けてきたかは、だれも知らない。自分たちは、過去は過去としてそのままにしておき、現在とうまくやっていくべきなのだ。

それから、未来と。

ニックはすばやく口をはさんだ。「君の実のお父さんが戻ってこなかったのには、ほかの理由があったかもしれないだろう、キンバリー。だれにもわからないことだから、その話はここまでにしないか？きっとミス・パーマーはもっと楽しい話をしたいんじゃないかな」

「そうね」キンバリーはもじもじした。たぶん、ほかの理由と言われて、去年、不運な自動車事故で死んだ養父母のことを思い出したのだろう。「ニック叔父さんから聞いたんだけど、お花のアレンジメントをする会社を経営してるんですって？

〈フラワー・パワー〉のおかげで、話が明るい話題に移った。ニックは椅子の背に寄りかかり、母と娘の会話を聞きながら、メレディスの魅力的な表情や、相手の話を聞くときにちょっと首をかしげるしぐさや、優雅な手の動きや微笑を、ひそかに観察した。

彼女は体全体で娘の心をとらえようとしていた。

そして、キンバリーはすっかり母親に心を奪われていた。

ニックは、娘に対するメレディスの熱い思いを自分のほうに向けさせられたら、と思った。欲望をかきたてられ、反応しそうになる自分を、彼は必死で抑えていた。ほとんど見ず知らずと言っていい女性に欲望を感じるのは初めての経験だったから、自分がその状態に満足しているのかどうかよくわからなかった。自分を抑制することは、ニックにとっては第二の天性になっていたが、メレディスに対しては、その天性が発揮されないようだった。

ニックはまたしても、なぜメレディスの姿が意識下に焼きつき、夢に現れるのだろうかという疑問にとらわれた。メレディスは確かに魅力的だが、彼の心を悩ませているのは、その魅力の背後に隠されているもっと強い力だった。キンバリーが口にした、“彼があなたのことをどうして忘れられたのかわからない”という言葉はもっともだった。まったく面識がないときから、ニックはメレディス・パーマーがいかに忘れがたい女性であるかを知っていた。彼女は夢にたびたび出没するのだから！　どう考えても、超常現象としか思えない。

　料理が運ばれてきたとき、ニックはほっとした。食べることは人間の日常の行為だったからだ。

　キンバリーは会話の途中で、ときどきニックの意見を求めた。だが、メレディスは決して彼を会話に引きこもうとはしなかった。ニックは彼女が警戒しているのを感じた。たぶん、僕が後見人としての権限を行使して、この母と娘の対面を終わりにし、キンバリーを連れ去ることを恐れているのだろう。あるいは、僕と同じように、メレディスも僕のことを強く意識していて、それを隠しているのだろうか？　その事実が、この先、娘と会う妨げになることを恐れて？

　ニックがその可能性について考えていたとき、キンバリーが彼の方を見た。いつもの、なにかをせがむときの顔をしている。「ニック叔父さん、明日メリーをアパートメントに呼んでもいい？　私のものをいろいろ見せたいの」

「かまいませんか、ミス・パーマー？」ニックは再びメレディスの視線を取り戻したかった。この一時間、彼女はときどき、ちらりと礼儀正しくニックの方を見るだけだったから。お互いに惹《ひ》かれ合っているのではないかという自分の推測が正しいかどうか、ニックは確かめたくてたまらなかった。

　メレディスと目が合ったとき、胃が締めつけられるような気がした。輝くグリーンの瞳が熱い期待に燃えていたからだ。そう、その瞳は単なる招待以上のものをニックに求めていた。

「ええ」メレディスは簡潔に答えた。それから、遅ればせながら、それが彼の寛大さによることに気づいたように顔を赤らめ、つけ加えた。「もし、あなたさえご迷惑でなければ、ミスター・ハミルトン」

「どうぞ、大歓迎ですよ」それは本当だった。自分を悩ませている疑問を解き明かしたいという欲求よりももっと強い感情から、ニックはメレディスを求めていた。夢の中ではなく、現実の生活の中で。

「ありがとう」メレディスはうれしそうにほほえんだ。そのほほえみの発散する喜びが彼を満たした。

「ニックと呼んでほしい」ニックは頭にかっと血がのぼるのを感じながら言った。彼女を抱き締めたくてたまらなかった。なんてことだろう！　奔放な感情を抑えることはほとんど不可能な気がしたが、彼はなんとか取りつくろい、ほほえみ返した。「君のことはメレディスと呼んでもいいかな？」

一瞬、メレディスの目はぱっと輝いたが、すぐにその光は消えた。まるで、彼女の心の闇《やみ》の部分に吸いこまれていくように。それから、再び輝きが戻ってきたかと思うと、ためらいをぬぐい去ったその目から、喜びのシャワーが彼に降りそそいだ。

「ええ、どうぞ」

柔らかい、快活な声。いつかどこかで聞いたことがあるような懐かしい響きが、ニックの体を心地よく突き抜け、幸福感で満たした。彼は、二人が運命的な道を歩みはじめたという強烈な予感を覚えた。

キンバリーがメレディスの注意を引き、明日の訪問について細かい打ち合わせをしはじめた。ニックはどういうふうに取り決められようとかまわなかった。自分とメレディスの間に特別ななにかが今日スタートしたのだ。そのことを、彼は確信していた。

そして、明日は次のステップに進む決心をしていた。

メレディス――ニックがそう呼んだとき、彼女は一瞬自分をメリーと呼んだ昔の男のことを思い出したに違いない。だが、すぐにニックに注意を戻した。疑う余地のない強烈なシグナルを発しながら。ニックは、彼女の人生から一つの忘れがたい恋が消えたことに狂喜した。そして、これまで経験したことがない、信じがたいほどすばらしいなにかが起きるチャンスを得たことに、心をはずませた。

きっと、メレディスはもうその男のことを忘れるだろう。十三年という時が流れたのだ。しかし、キンバリーの言葉は核心をついていた。どうして彼はメレディスのことを忘れることができたのだろう？浅はかな男だ。チャンスとばかりに留学したアメリカで、きっと後悔したことだろう。

十三年前と言えば、皮肉にも自分も二十二歳だったことを、ニックは思い起こした。それに、その男と同じ時期にハーヴァード大学の奨学金を獲得して、アメリカに留学していた。

奇妙な偶然の一致だった。かつて彼女から去っていった男と……今、彼女と一緒にいる自分。二人は会ったことがあるのかもしれない。そして、彼からメリーの写真を見せられたのではないだろうか？

しかし、ニックにはそのような記憶はなかった。それに、そんなことはもはやどうでもよかった。

夢に出てくる女性が現実に目の前にいるのだ。過去になにがあったかなど、気にならなかった。問題なのは未来だった。

8

ニック・ハミルトンのアパートメントのチャイムを鳴らす前に、メレディスは高ぶる気持をしずめようと、三回深呼吸をした。だが、むだだった。ブルーズ・ポイント・アパートメントは、彼女のような中流階級ではとても手が届かない、港を一望できる一等地に立っている。メレディスは、裕福な上流階級の世界に足を踏み入れようとしていた。ひるむまいと思ってても無理だった。

ニックが上流階級の出であることは、かつて彼が残していった住所を訪ねていったときに初めて知った。当時、デニーズとコリンのグラハム夫妻はピッツウオーターの豪壮な邸宅に住んでいた。それが、子供を彼らに渡す決心をした理由の一つだった。メレディスは娘に、自分が与えてやれない特権を——父親と同じ特権を、すべて与えてやりたかったのだ。

それにもかかわらず、豊かな上流階級の暮らしは母親の愛情に欠けていたのだろう。だから、キンバリーは今それを求めているのだ。娘の心の中には満たされない欲求があるに違いない。メレディスはキンバリーの欲求を、ニックが許す限り、最大限に満たしてやろうと決心していた。きっとこの日曜日のブランチの招待は、彼が母と娘の絆《きずな》を確立するのを望んでいるということだろう。

昨日別れてからずっと、メレディスは、〝大歓迎ですよ〟と言ったニックの言葉を胸に抱き締めていた。

彼の人生にも迎え入れてくれるということだろうか？　私は再び彼の関心を引くことができたのだろうか？　たぶん、それは期待のしすぎだろう。それに、もし彼の関心を引くことができたのだとしても、キンバリーとの将来の関係の障害にならないように、慎重に行動しなくてはならない。

彼は自分のことをニックと呼んでほしいと求めるほど、打ちとけた態度を見せた。けれど、メレディスは〝メリー〟ではなかった。彼に、かつて二人が分かち合ったものを思い出してほしいと期待しても、むだだろう。そのことを受け入れなくてはならない。

三回深呼吸をしたにもかかわらず、チャイムを押したとき、メレディスの心臓は今にも破裂しそうだった。キンバリーはドアの近くをうろうろしながら、待ちわびていたに違いない。チャイムが鳴るのとほとんど同時に、ドアがぱっと開いて、満面に笑みを浮かべた娘が目の前に立っていた。

「いらっしゃい!」キンバリーははずんだ声で言ってから、にっこりした。「なんとか間に合ったわ!」

間に合った? メレディスはとまどった。ニックは気取らないブランチだから、十一時以後ならいつでもいいと言ったのだ。ちょっとうろたえながら、メレディスは尋ねた。「もっと早く来るべきだったのかしら?」すばやく腕時計を見ると、針は十一時二十分を指していた。

「ううん、そんなことはないわ!」キンバリーは安心させるように言い、メレディスの手をつかんで中に引き入れた。「その服、とってもすてきよ、メリー」

ライムグリーンの地に白いデイジーのプリント柄のタイトスカートと、ゆったりとした白のTシャツ。メレディスは娘に気に入ってもらえるように、今日の装いを選んだのだ。キンバリーはオレンジ色のショートパンツに、それとマッチしたタンクトップという格好だった。

「あなたもとってもすてきよ」メレディスはほほえんだ。娘をいつかショッピングに連れていけたら、どんなにすばらしいだろう。

キンバリーはメレディスのほめ言葉をうわの空で聞いていた。「これ、もうずいぶん昔から着てるのよ」あっさりとそう言うと、メレディスに早く中に入るようにせきたてた。明らかに興奮したようすでメレディスの手を取り、ぐいぐい引っぱっていく。

「さあ、来て、メリー。二人は中庭《パティオ》にいるわ」

黒の革張りのソファ、すっきりしたクロムとガラスのテーブル、数点の美術品、足が沈むほど厚い絨毯《じゅうたん》——広々とした居間のモダンで豪華な装飾に心を奪われていたメレディスは、キンバリーの言葉を理解するのにしばらく時間がかかった。だが、その意味を理解したとたん、不安のあまり、背筋に戦《せん》慄《りつ》が走った。彼女はぴたりと足をとめ、手を引っぱっているキンバリーを押しとどめた。「二人って?」

ほかに客があるとは聞いていなかったので、メレディスは心の準備ができていなかった。

キンバリーは肩をすくめてみせた。別に気にすることはないわ、とでもいうように。「ニック叔父さんと、叔父さんがつき合っている女の人よ。彼女、一時間半ほど前にひょっこり訪ねてきたの。名前はレイチェル・ピアスよ」

メレディスは心臓に鉛の塊を突っこまれたような気がした。ニックにはつき合っている女性がいたのだ。気が向いたとき、ふらりと立ち寄るような親しい関係の女性が。

「彼女とあなたを会わせたいの」

まさか……そんなこと！　メレディスは無言で叫んだ。その悲痛な声は反響しながら、心にぽっかりと開いた深い割れ目に、彼女が抱いていたはかない望みとともに吸いこまれていった。

「ほんのちょっと会うだけでいいの」キンバリーは説得するように言った。「それから、私の部屋に案内するわ」

再び娘に注意を向けるために、メレディスは奈落《ならく》の底から這《は》いあがらなければならなかった。メレディスとそっくりのグリーンの瞳が、承諾を求めて見つめている。自分の要求がメレディスにとってどういう意味を持つか、まったく気づいていないようだ。キンバリーにとっては、単に初対面の女性を引き合わせるだけのことなのだろう。

いとしい娘……。これからもずっと娘と会いたいのなら、ニックが親しくつき合っている女性を避けることはできないだろう。自分の心に固く封印をして、状況を受け入れなくてはならない。

「あなたは彼女のことが好きなの、キンバリー?」メレディスはやさしく尋ねた。微妙な領域に足を踏み入れてから大失敗をしないように、その前にきいておかなければならない。

「別に嫌いじゃないわ」冷淡な答えが返ってきた。キンバリーは意味ありげに鼻にしわを寄せた。「彼女は私に対して、ちょっと見下したような態度で話すけど、それほど不愉快な女性じゃないわね」それから、自分の言葉が相手を当惑させたかもしれないと気づき、あわててつけ加えた。「心配いらないわよ、メリー。彼女はきっとあなたには愛想よくふるまうわ。そうじゃないと、ニック叔父さんがいやがるってわかってるから」

私の娘はなかなか利口だわ、とメレディスは皮肉っぽく思った。好きな男性に嫌われないための方法をちゃんと心得ている。不思議なことに、娘のためだと思うと、苦痛を忘れられた。キンバリーの生活に大きな役割を果たすかもしれない女性なのだ。印象をよくしておく必要があった。

「そうね、お会いしたほうがいいかもしれないわね」メレディスは笑顔を作って言った。

「よかった!」キンバリーはそう言うと、意気ごんだ口調で続けた。「彼女、あなたがどんなに美人か知ったら、きっとすごく嫉妬《しっと》すると思うわ」

娘が実の母親を誇りに思っているのか、それとも、トラブルを引き起こそうとしているのか、メレディスは判断がつかなかった。いずれにしても、そのことについて考えている時間はなかった。キンバリーはまたメレディスを引っぱるようにして歩きだした。パティオに通じるガラスのドアに向かって。

素焼きの鉢に植えられた紫と赤のブーゲンヴィリアが、塀からはみ出さんばかりに咲き乱れている。きれいなブルーグリーンのスレートを敷きつめた床に、ダイニングセットと、補助テーブルが二つ、それに、ロイヤルブルーのクッションで居心地よく整えられた白い鉄製の寝椅子が三脚、さりげなく置かれている。

ニックと赤毛の女性がダイニングテーブルに座り、くつろいだ雰囲気で談笑していた。ドアが開く音を聞きつけた二人は、くるりと顔を向けた。それからすぐに椅子を引いて立ちあがると、キンバリーに案内されてくるメレディスを迎えた。

ニックはカジュアルな格好をしていた。力強い脚の筋肉をあらわに見せる鋼色のショートパンツに、がっしりとした胸と肩を強調する赤いポロシャツ。デザイナーブランドのレジャーウエアを着ていながら、気取ったところはみじんもなく、あくまでくつろいだ感じを漂わせている。

ニックとは対照的に、レイチェル・ピアスは『ヴォーグ』の表紙から抜け出てきたように見えた。一分の隙《すき》もない装いに圧倒され、メレディスは自分の身につけているものを、チェーン店で買った安物のように感じた。レイチェルが身につけているのは、仕立てのよい白の麻のスラックスと、それにマッチしたホルターネックのブラウスだった。ジャケットが椅子の背にかけられている。シルバーのブレスレットに、同じくシルバーのフープイヤリングが、つややかな赤銅色の髪を引きたてていた。そして、整った顔を強調する洗練されたメーク。

レイチェルは、ニック・ハミルトンのような地位にある男性にふさわしい女性だった。それに、セックスアピールもある。メレディスはそのことを、胸が締めつけられる思いで認めた。

「こちらが私の本当のお母さんよ」キンバリーが勝ち誇ったような声でレイチェルに告げた。まるで実の母親の存在が、レイチェルが抱いているかもしれない野望、すなわちニックと結婚するという望みを、打ち砕くことができるとでもいうように。

ニックはため息をつき、姪《めい》に向かってとがめるような身ぶりをした。「キンバリー、もっと礼儀正しい紹介ができないのかい？」

「彼女、興奮してるのよ、ニック」レイチェルが片手で彼の腕をなだめるように押さえながら、寛大に取りなした。それから、メレディスに非の打ちどころのない笑顔を向けた。親しみのこもった微笑だ。目が興味深そうに輝いている。「はじめまして……レイチェル・ピアスです」打ちとけた温かい口調で言いながら、彼女はもう一方の手を差し出した。

メレディスはその手を握った。日ごろ、見込みがありそうな顧客に対して見せる、愛想のいい態度で。「メレディス・パーマーです。お会いできて、うれしいですわ、ミス・ピアス」

「どうぞ……レイチェルと呼んでください」笑いを含んだ声だった。「ニックはあなたのことをメレディスと呼んでいるようですから、私もそうお呼びしてかまいません？」

その言葉は、二人がカップルであることを明確に示していた。

「ええ、どうぞ」ニックにまだ挨拶《あいさつ》していないことに気づき、メレディスはなんとか彼の方へ視線を向けた。「こんにちは、ニック」できるだけ明るい口調で言った。

メレディスは、ニックの視線が自分の脚にそそがれていたことに気づいた。呼びかけられたとたん、彼はぱっと視線を上げた。その黒い瞳に切迫したような激しさで穴があくほど見つめられ、メレディスはとまどった。彼はなにを考えているのだろう？私がキンバリーの味方について、レイチェルと対抗しようとしているとでも？　明らかに、その場には微妙な緊張が漂っていた。たぶんニックは、私が自分の味方なのか敵なのか、見分けようとしているのだろう。

「ようこそ、メレディス」ニックが言った。「よかったら、僕たちと一緒にどうです？　それとも……」

「メリーは私のお部屋を見たがっているの」キンバリーがメレディスの代わりに答えた。「アルバムを全部ベッドに並べてあるのよ、それから、水泳大会のトロフィーや……」

「どうやら、優先権は決まっているようだな」ニックが皮肉っぽくさえぎった。

「ええ。失礼してもよろしければ……」メレディスはすばやく言うと、ニックからレイチェルへと視線を移して、にっこりほほえんだ。

「もちろん、どうぞ。きっとすべてを取り戻したいと思っていらっしゃることでしょうね」レイチェルが同情のこもった声で言った。キンバリーの期待に反して、嫉妬のかけらも感じられない態度だった。

「ブランチにメレディスを招待したんだよ、キンバリー」ニックが姪に注意した。「いろいろ見せることに夢中になって、食事のことを忘れないように。いいね？」

「ボウルいっぱいのさくらんぼとポテトチップスの大袋を用意してあるわ。それじゃ、バーベキューの支度ができたら、呼んで、ニック叔父さん」キンバリーは快活に言った。

ニックは目をくるりと動かし、メレディスに向かってにっこりした。その微笑は彼女の防壁を突き破り、彼女の胸を高鳴らせた。「さくらんぼとポテトチップスとは災難ですね。あとで必ず監禁状態から救い出してあげますから、安心して」

メレディスはなんとか声をたてて笑うと、レイチェルに会釈し、キンバリーと一緒にその場を離れた。過去は取り戻せないのよ。彼女は再び自分に厳しく言い聞かせた。ニックの愛を奪い返すことはもはや不可能だわ。

「彼女のこと、どう思った?」居間を横切り、廊下へと出ていきながら、キンバリーが共犯者めいた口調でささやいた。

メレディスは即座に中立の立場を取る決心をした。ただ、娘の反撃には注意しなければ。「私は今日初めて彼女に会ったのよ、キンバリー。第一印象がきたいのなら、答えられるけど? 彼女は美人で洗練されていて、とても好感の持てる女性だわ」

キンバリーは不満そうに顔をしかめた。「私、ニック叔父さんに彼女と結婚してほしくないの。もし結婚したら、叔父さんは私の相手をする時間がなくなるわ」

メレディスは眉をひそめた。「そんな心配はないと思うわ、キンバリー。叔父さんはとてもあなたのことを気にかけているもの」

「彼女は今日、PLCの入学願書を持ってきたのよ。PLCは由緒ある学校で、彼女の出身校なの。そこの寄宿生になることが私にとって最善の道だって、彼女はニック叔父さんに信じこませたのよ」

「確かにPLCはトップクラスの学校だわ」メレディスは用心深く意見を述べた。その学校が授業料の高い私立学校で、社会的にも学問的にも多くのステータスが得られることは知っている。そこの学生たちには明確な特権があり、それらは、メレディスが娘に与えてやりたいと思っているものだった。残念ながら、自分の収入ではとうてい無理だったけれど。

「寄宿生にはなりたくないの」すねたような言葉が返ってきた。「彼女は私を追い出したいのよ。ニック叔父さんを独り占めできるようにね」

そうかもしれないし、そうではないかもしれない。あくまで公平を保つには、メレディスは意見を差し控えるしかなかった。「たいていの寄宿学校は、週末には家に帰ることが許されているんじゃない?」

彼女は遠まわしになだめようとした。

効果はなかった。

キンバリーは悲しそうな目でメレディスを見た。

「そんなの、なんの役にも立たないわ。彼女とニック叔父さんは土曜日の夜はほとんど出かけるだろうし、そうしたら私はミセス・アームストロングと過ごすことになるのよ。それなら、寄宿舎に残っている友達と一緒に過ごすほうがましだわ」

「日曜日があるじゃないの」メレディスは言った。

キンバリーはまたしても顔をしかめた。「彼女がいれば、ニック叔父さんと二人だけのときと同じってわけにはいかないわ」

考えこむように黙りこんだキンバリーと廊下を歩いていきながら、メレディスは、状況が今朝起きたときに想像していたのとはまったく変わってしまったことを思った。

キンバリーにとって、継母に近い存在の女性。

彼女に対するキンバリーの不満。

ニックを間にはさんだ複雑な関係から生じる軋轢《あつれき》。

私はなにか解決法を求められているのだろうか?

もしニックが、キンバリーにとって楽しい居場所を提供してくれることを私に望んでいるとしたら?

姪の憎しみをかきたてるだけのように思われる、レイチェルのいる家の代わりに？

二人は廊下の突き当たりの部屋にたどり着いた。

キンバリーはドアのノブに手をかけ、さぐるような目でメレディスを見た。「一番いい解決方法がなんだかわかる？」

「いいえ。話して」下手な推測を口にするより、相手に意見を言わせるほうが安全だった。

キンバリーはちょっとためらってから、注意深く言葉を選ぶように言った。「クリスマス休暇を私たちと一緒にセントラル・コーストのパール・ビーチで過ごすように、ニック叔父さんはあなたを誘うつもりなの。ここから二時間ほどのところよ。来てくれる、メリー？」

クリスマスを娘と一緒に過ごす……。メレディスはその喜びを何物にもじゃまさせるつもりはなかった。彼女はほほえんだ。「ええ、喜んで」

「私たちと同じ家で過ごすのよ」キンバリーは満足そうに言った。「ビーチのすぐそばだから、きっと気に入るわ」

「ええ」

「それに、ミズ・ピアスはいないし」

メレディスはそれに対してはなにも言わなかった。

キンバリーはいたずらっぽくにやりとした。「もしニック叔父さんが彼女ではなく、あなたと結婚したら……それが一番いいことだと思うわ！」

9

親子三人……。夕闇《ゆうやみ》の中をパール・ビーチ沿いにぶらぶらと歩いていきながら、メレディスは自分たちは家族で、のんびりと散歩を楽しんでいるのだと想像してみた。ニックとキンバリーに知られない限り、なにを夢想しようとかまわなかった。私の娘と……娘の父親……。これは私の家族なのだ。

今夜は最初の夜だった。三人だけでこの美しい海岸で過ごす、九泊の最初の夜。明日はクリスマスイブだった。シドニーでの日常から離れた、特別な時間がスタートするのだ。今夜はただ、その喜びにひたりたい。

この休暇が終わったあとのことは、今は考えないでおこう。それより、自分にとってかけがえのない存在である二人とともに過ごす一刻一刻を、大事にしよう。

ニックは食料を持ってきていたが、それらを別荘のキッチンに置き、三人は村のファーストフード店へ出かけ、ハンバーガーとフライドポテトで食事をすませたのだった。あわただしく長い一日だったので、料理を作る気にはなれなかった。海岸を歩いて帰ろうと提案したのは、キンバリーだった。娘がメレディスとニックの間にロマンチックな状況を作ろうと画策しているのは、明らかだった。

キンバリーは二人の前を歩いていた。スキップしたり、扇形に広がっては消えていく波を追いかけたりしている。そのはしゃいだふるまいを見つめながら、まだまだ子供なのだと、メレディスは思った。きっと、あとから来る両親に温かく見守られている気分を楽しんでいるのだろう。ニックが実の父親だと知らないとはいえ、法的な後見人となれば父親と同じようなものだった。ニックはなにを思っているのだろうかと、メレディスはちらりと彼の顔をうかがった。

二人は並んで歩いていた。ずっと昔からそうしてきたように。足に踏まれる砂の音、寄せては返す波の、太古から繰り返されている鈍い単調な音、髪をそよがせる海風、鼻をくすぐるすがすがしい潮の香り。

ニックは体温が感じられるほど、メレディスに寄り添って歩いていた。強烈な男の香りが、官能を刺激せずにはおかなかった。昔の記憶がよみがえり、胸に秘めている欲望を目覚めさせる。

不思議なことに、この一週間ずっとメレディスを苦しめていたレイチェル・ピアスの存在が、今は少しも気にならなかった。遠く離れているせいかもしれない。それとも、夜の魔法のせいだろうか？　ニックの都会での生活にかかわっている女性が、実在するような気がしない。実在するのは……同じ音を聞きながら歩いているこの三人だけ……。

「見て！　すごい星！」キンバリーが驚きの声をあげた。

「空気が澄んでるからよく見えるんだ」ニックが言った。

「ニック叔父さんったら、ぜんぜんロマンチックじゃないのね」

「単純な事実さ」

キンバリーはため息をついた。彼女の縁結びの努力はこれまでのところ、まったく成果をあげていなかった。メレディスは娘の見え透いたふるまいにいつの悪い思いをしていたが、ニックは姪《めい》の企《たくら》みにはまったく気づいていないふりをしていた。

「もうすぐ家よ」キンバリーが言った。

「そのようだね」ニックが皮肉っぽく応じた。

ハミルトン家の別荘は、横に張り出した古い板張りの建物で、周囲をぐるりとベランダが取り巻いていた。法規制が実施される以前に建てられたその家は海に面していて、風によって移動する砂丘に埋もれないように、高い支柱の上にのっている。急勾配《こうばい》の階段をのぼってたどり着くベランダからは、海が見渡せた。

「帰ったら、私はすぐにベッドに入るわ」キンバリーが告げた。「もうへとへとに疲れちゃった。それに、明日の朝は早起きしたいの」

「ああ、それがいいかもしれないな」ニックが言った。

キンバリーはニックの方に向き直った。「叔父さんは、まだ寝るには早すぎるわ」きっぱりとした口調で言う。

「僕は疲れてはいけないのかい？」ニックがからかうようにきき返した。

「叔父さんはいつも、一日の緊張をほぐしてからって言うじゃない」キンバリーは叔父を軽くにらみつけて言った。「ベッドに入る前に、ナイトキャップを飲んだらいいわ」

「うーん……」どっちつかずの返事だった。

「ほら、叔父さんがときどき作るアイリッシュコーヒーがいいわ」キンバリーは熱心な口調で勧めた。

「ベランダで星を眺めたり、波の音を聞いたりしながら飲んだら、きっと緊張がほぐれるわよ」

「それは確かにリラックスできそうだな」ニックは思案するように言った。

「メリーと一緒に飲んだら？　彼女も今日はとっても忙しかったのよ。来る前に、クリスマス用の注文の花をたくさんアレンジしたんだから。アイリッシュコーヒーは好きよね、メリー」

それは質問ではなかった。幼い単純な意図が透けて見えた。

ニックはメレディスの方を向き、笑いを含んだ声で尋ねた。「ベランダでナイトキャップをつき合ってもらえるかな？　リラックスして眠くなるまで、星を数えたり、波の音を聞いたりしながら？」

彼の陽気な口調が気分を軽くした。メレディスはもうしばらく、自分のひそかな夢にひたっていたかった。「喜んで」彼女は答えた。その誘いになんの個人的感情も含まれていないのはわかっているわ、というように、にっこりして。

「それじゃ、決まりね」キンバリーは満足そうに言うと、文字どおり飛びはねながら、家に向かって浜辺を走っていった。元気いっぱいのうしろ姿からは、早々とベッドに入らなければならないほど疲れているようすはまったくうかがえなかった。

ニックはゆっくりと息を吐き出した。これでやっと二人きりになれる。メレディスほど彼に心を開こうとしない女性は初めてだった。ニックはこれまでどんな女性にも、こんなに興味を引かれたことも、こんなにいらだたしさを覚えたこともなかった。今夜は彼女を打ちとけさせるよいチャンスだった。

キンバリーに――二人を結婚させようと企んでいる生意気なおてんば娘に、感謝しなくてはならない。しかし、キンバリーの動機はあまりに見え透いていた。それに、やり方が露骨すぎた。そのせいでメレディスをかえって遠ざけ、ニックもまた強いて冷淡な態度をとらざるをえなくなっていた。

幸いキンバリーがいなくなったから、まずそのことをはっきりさせたほうがいいだろう。さもないと、二人ともいつまでもぎこちない態度をとりつづけるはめになる。

「あの子が、僕たちを結婚させれば万事解決すると思うのも、当然かもしれないな」ニックはざっくばらんに言った。

メレディスの顔に緊張が走った。「ごめんなさい、あなたにご迷惑をかけることになってしまって」

「別にそんなことはかまわないよ。キンバリーは頭のいい子だから、そのうち正常な判断力を取り戻すだろう」

メレディスは心配そうな表情になった。「私がキンバリーを……そそのかしたなんて、思わないで」

「君がそんなことをするわけがないことぐらい、わかってるさ」ニックは皮肉な口調で言った。

「私、だれにも迷惑をかけるつもりはなかったんです」

その苦しげな声に、ニックは彼女の不安を感じ取った。「君は迷惑なんてかけていないよ」彼は急いで安心させるように言った。「そんなに心配しないで」

相変わらず不安を漂わせた目がニックを見つめ返した。二人は黙りこんだまま歩きつづけた。ニックはもっとほかにメレディスを安心させられる言葉はないかと、必死で考えた。

「ずいぶん簡単におっしゃるのね」苦悩に満ちた、静かな声だった。「確かにあなたは、厄介な状況になれば、いつでもまたキンバリーを私から遠ざけられるんですもの」

メレディスがそんなことを心配していたなんて……。ニックはショックを覚え、足をとめた。そして、歩きつづける彼女の肩を反射的につかんで、立ちどまらせた。「僕がそんな冷酷な人間だなんて思わないでほしい!」彼は思わず叫んだ。指がメレディスの肩にくいこんでいることに気づきもしなかった。

メレディスは息をとめて棒立ちになっていた。ニックははっとし、あわてて手をゆるめると、彼女の前にまわった。メレディスの恐怖を取り除こうと、メレディ
「メレディス……」ニックに向けられたメレディス

の目は焦点が合っていなかった。ニックは彼女の両腕をつかんで、揺すった。「メレディス……」

「どうして私にあなたがどういう人か……現在のあなたが……どういう人か、わかるっていうの？」うつろな声でメレディスは言った。

落ち着かない感覚がニックの背筋を突き抜けた。現在のあなた？　いったいどういう意味だろう？　二人は前世で知り合いだったということだろうか？　ニックはそのばかげた考えを追い払った。現実離れしたそんな考えにまどわされるなんて、どうかしている！　現在というのは、単に今のことなのだ。

「僕は十日前に、キンバリーを実の母親と対面させるために、君を訪ねたときとまったく変わっていないよ」ニックは熱心に言った。

ふいにメレディスの目に光が戻った。「どうして対面させようと思ったの？」燃えるような瞳がまっすぐにニックを見つめる。「キンバリーのため？　それともあなたのため？　私のためであるはずはないわね。私はあなたにとって見知らぬ他人も同然なんだから。私には、この親子の再会がどういう結果に終わるのかわからないのよ」

疑念にさいなまれているような声に、ニックは衝撃を受けた。どういう結果になるのか、メレディスはずっと不安を覚えていたのに、僕はそのことに関してなにも彼女に明言していなかった。自分の子供に対してなんの法的権利も持たない母親は、再び娘から引き離されることを恐れていたのだ。メレディスがそれほど悩んでいたとも知らずに、自分とキンバリーは彼女を迎えて、はしゃいでいたとは……。

ニックは自己嫌悪を感じないではいられなかった。

「もちろん、自分のためじゃないさ、メレディス。キンバリーのために、そう、実の母親に会いたがっている姪のために、僕は訪ねていったんだ。どういう結果になるかは、僕にはわからない。それは、君とキンバリーが決めることだよ」

彼の言葉を拒絶するように、メレディスは顔をゆがめた。「このことに関して、私にはなんの権利もないわ。すべてはあなたの寛大さ次第なのよ」

ニックは彼女の顔を両手ではさんで、目と目を合わせ、自分の言葉に嘘《うそ》偽りがないことをわからせようとした。「それなら、僕から寛大さを引き出したらいい。僕はいつだって喜んで与えるつもりだよ」

「なぜ？」苦悩に満ちた声が返ってきた。

「僕がそうしたいからさ」

メレディスの目がさぐるようにニックの顔を見つめた。「そうしたいからって……私のために？」

君ほど僕の心を揺さぶった女性は初めてだ――そんな言葉が舌の先まで出かかったが、ニックはかろうじて押し戻した。メレディスが娘を再び失うのではないかと恐れているときに、口にすべきせりふではなかった。メレディスは保証と安心感を求めている。ニックは指でそっと彼女の頬を撫《な》でた。

「娘を再び失うんじゃないかと苦しんでいる君に、僕が同情を寄せるのが、それほど信じがたいことかい？　君に、母親として知っていて当然のことを知ってもらいたいと思うのが、そんなに信じられない？」

メレディスは目を伏せ、喉を引きつらせるようにして唾《つば》をのみこんだ。ニックの言葉に必死ですがろうとしているかのようだった。彼女の長い髪が風になびき、彼の手の甲にかかった。ニックがそのダークブロンドの巻き毛を耳のうしろにかきあげたことに、メレディスは気づいていないようだった。

「休暇を一緒に過ごそうと誘っていただいて、本当に感謝しています」メレディスはぎこちなく言った。まるで礼儀正しいお客として、紋切り型の挨拶《あいさつ》を無理やり口から押し出すように。「できるだけあなたの……負担にならないように注意しますから」

いつキンバリーから引き離されるかわからないという不安が、心につきまとって離れないらしい。ニックはそのことに胸を締めつけられた。「メレディス……君は君らしく自然にふるまえばいいんだよ」ニックは彼女に自信を持たせたかった。「このクリスマス休暇をおおいに楽しんでほしいんだ」これまで何年も彼女が過ごしてきた寂しいクリスマスを、いくらかでも埋め合わせることができたら、とニックは思った。

メレディスは唇を噛《か》んだ。そして、肩を上下させて大きく深呼吸をしてから、ゆっくりと目を見開いた。その目には涙が光っていた。「クリスマスの間だけ？」かすれた声で彼女は言った。

ニックはその言葉の意味がわからなかった。彼は顔をしかめ、メレディスの考えていることを推しはかろうとした。「君にはこれから先もずっと人生を楽しんでほしいと思っているよ、メレディス」メレディスが幸せであってほしいと、彼は心から願っていた。

「そうじゃなくて……あなたは言ったわ……キンバリーがクリスマスに実の母親に会いたがっているって」

「それで君は思ったんだね……」ニックは自分の鈍感さにまたしても打ちのめされた。「まったく、なんてことを！　確かに初めはそうだったかもしれない。でも、メレディス、今は、君とキンバリーはこのまま一生つき合っていくべきだと心から思っているよ」

メレディスの頬を涙が流れ落ちた。

ニックはこらえきれずに、メレディスを両腕で抱き締めた。彼女を慰めたかった。彼女が耐えてきた孤独な生活は終わったのだとわからせたかった。

静かに涙を流していたメレディスが、ふいにすすり泣きはじめた。声を押し殺そうと体を震わせている。

「いいんだよ、泣いて」ニックは彼女の頭を肩に引き寄せ、その髪を撫でながらささやいた。「君はあまりにも長い間、感情を抑えすぎてきたんだ。泣いたらいい」

メレディスはくずおれるようにニックに体をあずけてきた。耐えがたい緊張から突然解放されたように。すすり泣きが号泣に変わった。

ニックはメレディスがかわいそうでたまらなかった。もうなにも心配することはないんだよ、家に帰ってきたんだから——そう言ってやりたい衝動が心の中で渦巻いていた。僕が彼女の面倒をみよう。彼女のためになんでもしよう。彼女をもう二度と不幸な目にあわせもしなければ、独りぼっちにさせもしない。

狂気の沙汰《さた》だった。

だが、ニックにはそうすることが正しいような気がした。たぶん、守ってやりたいという男の保護本能を刺激されたのだろう。これほどまでに強く本能を刺激されたことは一度もなかった。ニックはメレディスを抱き締めたまま、できることなら永久に手放したくないと思った。メレディスは僕が待っていた女性なのだ。彼女はとうとう夢から抜け出して、現実の世界へ——僕のもとへ、やってきたのだ。

メリー……。ふいにその愛称が頭に浮かんだ。なんと魅力的な響きだろう。けれど、彼女をそう呼ぶことはできない。それは、メレディスが愛した男と密接に結びついた名前なのだ。彼女が過去に愛した男がいなかったら、どんなによかっただろう……いや、彼女の過去を否定することはできない。キンバリーが生まれていなかったら、僕たちが出会うことは決してなかったのだから。

しまった！　キンバリーのことを忘れていた！

家に明かりがついていた。キンバリーはもう家に帰り着いている。もしキンバリーがこの場面を目撃したら、大喜びすることだろう。もっとも、彼女が考えていたのはこういうことではなかったはずだ。でも、かまうものか！　キンバリーのことは明日考えることにしよう。

　今はメレディスを安心させてやることだけを考えたい。ニックはふいに、メレディスが泣きやんでいることに気づいた。たぶん、涙が涸《か》れ果てたのだろう。あるいは、抱き締められていることで慰められたのかもしれない。そうであってほしかった。

　ニックは、二人の体がぴったりと重なっていることを意識せずにはいられなかった。女性らしい温かくて柔らかい体が、胸や腹部や腿に押しつけられている。メレディスをもっときつく抱き締めたいという欲求に、彼は圧倒されそうだった。高まりつつある体の緊張を、ニックは意志の力で必死で抑えた。なんとしてもメレディスの恐れをやわらげなくてはならない。彼女にまた警戒心を抱かせ、怯《おび》えさせることだけは避けなければ。もしそんなことをしたら、メレディスは僕のどんな接触も拒もうとするだろう。

「キンバリー！」メレディスがはっとしたようにうしろを振り向いて叫んだ。震える手でニックを押しのけようとする。娘の存在を忘れていたことに対するショックがありありと見て取れた。

「大丈夫」ニックは安心させるように言った。「キンバリーは僕たちを待ってなんかいないさ。僕たちのために電気をつけておいてくれただけだろう。きっともうベッドに入っているよ」

「なんてことかしら！」メレディスはうろたえた目でニックを見た。「ごめんなさい……」

「君があやまる必要はないよ。僕こそあやまらなくては……君をそんなに苦しめていたなんて。君が僕たちにテストされていると思っているなんて、考えもしなかった。そんなことは絶対にないから、安心してほしい」

メレディスは深く息を吸いこんでから、ゆっくりと吐き出した。息が震えていた。「ほんとに、すっかり忘れていたわ」依然うろたえたようすで、彼女はうしろに下がり、二人の間に距離をおこうとした。

完全に接触を拒まれるよりはましだと思ったニックは、抱擁をとき、片手を伸ばしてメレディスの手を取った。それから、励ますように彼女にほほえみかけると、歩きだした。「君に必要なのは、神経をしずめてくれるアイリッシュコーヒーだ。アイリッシュコーヒーは精神安定剤にもなるけど、疲労回復にも効果抜群なんだよ」

ニックの言葉に、メレディスは弱々しい微笑を浮かべた。「あなたって、ほんとに親切なのね」

「その考えを変えないでくれ！」ニックはわざと厳しい口調で言った。「もう僕のことを冷酷なモンスター呼ばわりしないこと。わかったかい？」

「わかったわ」

ニックはメレディスの手をしっかりと握り、小さな勝利に満足していた。「ベランダでコーヒーを飲みながら、君がキンバリーとの関係を今後どうしたいのか聞こう」

メレディスは再び震えるような微笑を浮かべた。

「ありがとう」

「去年のクリスマスは、キンバリーと僕にとってかなりみじめなものだった。姉夫婦が事故で亡くなったばかりだったからね。でも、今年は、君が一緒だから……」また家族がそろったから、とニックは思った。その考えに、満足そうにほほえみながら、彼は続けた。「楽しいクリスマスが……〝メリークリスマス〟が過ごせるだろう」

メレディスは一瞬よろめいた。それから、うっとりとした表情でニックを見つめた。彼はぞくぞくするような興奮を覚えた。まるで世界中のクリスマスツリーの明かりが自分の中で一度についたようだった。それから、彼は自分が口にした言葉に気づいた——〝メリークリスマス〟。ニックは、なんとしてもメレディスの関心を自分のほうに向かせようと決心した。

彼女をメリーと呼んだ男にではなく。

この僕に。

10

ニックはつないでいた手を離し、ベランダの階段にメレディスを促した。メレディスの心臓は早鐘を打ち、こめかみが脈打っていた。彼女は体を支えようと階段の手すりをつかんだ。それから、意志の力を振りしぼり、震える足で階段をのぼっていった。

さっき〝メリークリスマス〟と言ったとき、ニックが見せた表情……。まるで時間が逆戻りしたかのようだった。けれど、彼は知らないのだ。気づいてもいないのだ。でも、あの遠い夏の日と同じ感情を抱いていないで、どうしてあんな表情で私を見ることができるだろう？　あのときと同じことが、また二人の間で起きつつあるのだろうか？

メレディスはめまいを覚えた。長いこと休眠状態にあった欲望がいっきに目覚め、彼女の中で荒れ狂っていた。再び抑えこむことなど不可能に思えた。メレディスがずっと封じこめてきた欲望は、今や解き放たれることを激しく要求していた。たぶん、私が求めさえすれば、ニックはそれに応じて、私の欲望を満たしてくれるだろう。

そのとき、メレディスの混乱した頭に、レイチェル・ピアスの姿が浮かんだ。今この瞬間、いくら遠い非現実的な存在に思えようと、彼女がニックの恋人であることは間違いなかった。

脳裏に浮かんだレイチェルの姿が、メレディスの自信をくじいた。でも、彼女とニックが恋人どうしだからといって、彼が私に惹《ひ》かれていないということにはならない。メレディスは心の中で主張した。それとも、あまりにも強く彼を求めるあまり、感覚がゆがんでしまったのだろうか？　もしかすると、再びニックに抱き締められて、自分は彼のものだという妄想に溺《おぼ》れてしまったのかもしれない。

メレディスはベランダにたどり着くと、ドアの方へと行こうとした。

「君はここでくつろいでいたらいい。僕がコーヒーをいれてくるから」ニックが言った。「喜んで運ばせてもらうよ」

号泣したあとで平静を取り戻す時間を与えてくれようとしている彼の気づかいがわかり、メレディスはなんとか笑顔を作った。「ありがとう、ニック」

「すぐに戻るよ」

メレディスは家の中に入っていくニックの姿を見送った。他人の気持を気にかけるやさしいところは、彼女が知っている昔のニックと少しも変わっていなかった。持って生まれた性格がそう簡単に変わるわけがないのだ。記憶の一部を喪失したこと以外、彼はなにも変わっていないのかもしれない。

いいえ、それは希望的観測というものよ。メレディスは自分を戒めた。レイチェルはシドニーに残り、この別荘には同行しなかったが、ニックと彼女が固い絆《きずな》で結ばれているのは確かだった。キンバリーの今後の教育方針が二人の間で話し合われ、レイチエルの母校が選ばれたことがその証拠だ。正式な婚約はまだのようだが、たぶん二人は結婚を考えているに違いない。

それでも、二人はまだ結婚しているわけではない。彼を——ほかの女性の恋人を、求めるのは悪いことだろうか？

もともと彼は私のものだったのよ！　所有欲をあらわにした荒々しい心の叫びが、うしろめたさを追い払った。

それに、ニックは私に無関心ではなかった。泣いている私を抱いていてくれたとき、そのことがはっきりと感じ取れた。それに、私の手を握り、私を見つめたときの彼の目には特別な光が宿っていた……。その目を思い出すと、メレディスは胃が締めつけられた。

キンバリーはあなたの子供だとニックに打ち明けたら、どうなるだろう？

別荘に到着してすぐ、家の中からベランダに持ち出した籐《とう》の肘掛け椅子に腰かけながら、メレディスはそのことを考えた。ニックに父親としての責任を取らせることは、はたしてフェアだろうか？　彼が赤ん坊と私を置き去りにし、私が最も彼を必要としていたときにそばについていてくれなかったことは、フェアと言えるだろうか？

彼の責任ではないわ。メレディスは自分にそう言い聞かせた。

もしニックに真実を話したら、彼は罪悪感を抱くだろう。メレディスは自分に問いかけた。彼が罪の意識から自分の方を向くことを望んでいるの、メレディス？

答えは、ノーだった。ニックが私の方を向くのは、愛という感情からでなければばならない。さもなければ、うまくいかないことはわかっている。

二人の間になにかが起こるなら、それは自発的に起きるのでなければならない。私はただ待つしかないのだ。そう思い定めると、メレディスはあれこれ悩むことをやめ、どんなときも心を慰めてくれた波の音に耳を傾けた。それに、もうキンバリーから引き離されることはないのだ。ニックがそう保証してくれたのだから。

「アイリッシュコーヒー二つ、お待たせ」

ベランダに戻ってきたニックの声に、メレディスが苦労して獲得した心の平安は、たちまち消え去ってしまった。二つのマグカップをのせたトレイを持って近づいてくるニックを、彼女は痛いほど意識し、抑えきれない欲求で胸が高鳴るのをどうすることもできなかった。ニックがテーブルにトレイを置き、向かい側の椅子に腰を下ろしたとき、メレディスは必死で自分をコントロールしようとした。

「ここに来ると、生きていることの幸せをしみじみと感じるよ」ニックが深い満足感のにじんだ声で言った。「ここには都会の喧噪《けんそう》も、仕事のプレッシャーもない。あるのは、太陽と砂浜と、寄せては砕ける波の音だけだ」

その点も、ニックは以前と変わっていなかった。

「マーチャント・バンクの仕事って、そんなにストレスが多いの？」メレディスは尋ねた。彼が無難な話題を提供してくれたことがありがたかった。

「まあね。金融市場の動きは常に目が離せないから。でも、僕は仕事に振りまわされるような生き方はしない。そういうふうに教育されたんだ」ニックは金融界において成功をおさめてきた男性の持つ余裕を見せて答えた。

「それじゃ、ハーヴァードに留学した甲斐《かい》があったわけね」

ニックははっとしたようにメレディスを見つめた。

「僕がハーヴァードに留学したことを、どうして知ってるんだい？」

メレディスの心臓は破裂しそうなほど激しく打ちだした。うっかり口をすべらせてしまったからには、なにか説明をしなくてはならない。コーヒーにホイップクリームを入れてかきまぜながら、彼女は無難な説明を懸命に考え出そうとした。

もしキンバリーから聞いたと言ったら……危険すぎる。ニックはキンバリーに確かめるだろう。なにかに載っていた記事で読んだと言うのも無理だった。メレディスは、彼に関する記事がなにかに載ったことがあるかどうか知らなかった。ほかにどんな説明が可能だろう……事実を告げる以外に？

「あなたのお姉様にお聞きしたのよ」メレディスはさりげなく答えた。ニックの鋭い視線を避けて、椅子の背に寄りかかり、マグカップを口に持っていく。

「姉から？　なぜ姉は僕のことなんか君に話したんだい？」

メレディスの頭は危険信号を発しながら、信じがたい速さで危険区域を点検した。「自分の子供の家族になるかもしれない人たちのことをできるだけ知りたいと思って、私がきいたからよ」メレディスは当然のことだと言わんばかりの口調で答えた。

「実は、姉と君の関係についてきこうと思っていたんだ。この養子縁組は正規の仲介を通してなされたものではなかったんじゃないのかい？　通常の養子縁組なら、当事者間にまったく接触がないはずだ」

ニックはそのことを明らかにするつもりらしかった。ここは、ニックがキンバリーの父親だということを明かすことなく、彼の好奇心を満足させなくてはならない。メレディスは子供を養子に出すまでのいきさつを思い返しながら、できるだけ事実にそって話すしかないと決心した。

「私の妊娠は継母《はは》の面目をつぶす恥さらしなことだったの。だから、周囲に知られないように、継母はシドニーに住む自分の妹のところへ私を預けたのよ。そこで私が診てもらうようになったドクターが、あなたのお姉様の主治医でもあったの。私は公の機関を通して正規に養子縁組を仲介していた病院に登録していたんだけど、あなたのお姉様は、私の赤ちゃんの養子先を決められる立場にある人物と知り合いだったのよ」

「贈収賄がおこなわれたとでも言うのかい?」

「それはわからないわ。あなたがお姉様と私のつながりをきいたから、私は知っていることを話しているだけよ」メレディスは注意深く答えた。

「続けて」ニックはそっけなく促した。聞かされた話の内容が気に入らないらしい。

「最初、私は子供を手放したくないと思っていたの」

「姉とその担当者が君に強制したと言うのかい?」

ニックは再びいらだった声でさえぎった。

メレディスは首を振り、香りの強いコーヒーを飲んだ。ニックはショックを受け、腹を立てている。今さら彼に不愉快な思いをさせて、なんの意味があるだろう? もうなにかを変えるには遅すぎる。デニーズとコリン・グラハムはキンバリーにとってよい両親だったのだ。それでいいではないか。

「私はよく説明を聞いて、考えに考えたわ。自分の子供がどこのだれともわからない人にもらわれていくなんて耐えられなかった。私は、あなたのお姉様なら私の娘のために最善を尽くしてくださるって思ったのよ。お姉様は、せめて写真でも娘の成長していく姿を知りたいという私の希望を受け入れてくださったわ。私は、自分が与えてやれない幸せな家庭を娘に与えてやれるのだと納得して、養子縁組の書類にサインしたのよ」

「君はそうするように説得されたんだ」ニックは低い声でつぶやいた。怒りがおさまらないらしい。

「私は自分で選択したのよ、ニック」メレディスは静かに言った。

「姉にはちょっと強引なところがあった」

「お姉様は、私がキンバリーにしてほしいと願っていたことをすべてしてくださったわ」

ニックは数分間、その点について思いをめぐらしていた。「確かに姉は最善を尽くしたと思うよ」彼はようやく認めた。「姉は母親の役割に慣れていた。まだ子供だったときに両親を亡くしたから、僕にとっては姉というより母親に近い存在だったんだ」

知っているわ。メレディスは心の中でつぶやいた。だが、今度はうっかり口をすべらせるような間違いを犯すまいと、自分を戒めた。

「姉とコリンは……二人とも立派な人間だった」ニックは悲しそうにつぶやいた。

ニックはこの話題を終わりにしようとしている。よかった、うまく彼を納得させられて！

メレディスがほっとしかけたとき、ニックが眉間《みけん》にしわを寄せ、刺すような目で見つめたので、心臓がまた早鐘を打ちだした。

「それでもやはり、ひどく傷ついている君を相手に養子縁組の話を進めるなんて、間違っている。どんなに自分の子供を欲しがっていたにしても、姉はそんなことをすべきじゃなかった」

メレディスはコーヒーを飲むことで、ニックの言葉をかわした。なんの意見も返ってきそうもないと知ると、ニックは考えこむような視線を海の方へ向けた。すべてのことには潮時がある、とメレディスは思った。ニックが問いただそうとしている出来事は、もうはるか過去のことだ。今さら昔のことをあれこれ蒸し返して、なんになるだろう。

「それで、キンバリーとの今後のことを話そうということだったけど？」メレディスは穏やかに促した。

「ああ」ニックの表情が明るくなった。彼は椅子に座り直し、マグカップを手に取ると、新しい話題に移った。うれしそうに目を輝かせている。「まず、君がどうしたいと思っているのか、聞かせてほしいな」温かい口調だった。

安堵《あんど》感と喜びが全身に広がった。「あなたがどういう計画を立てているかによるわ」メレディスは注意深く答えた。「キンバリーから聞いたけど、あなたは彼女をＰＬＣに行かせたいと思っているんですって？」

「まったく！」ニックは顔をしかめた。「寄宿学校に追い払わされそうだって、君に訴えたのかい？」

「まさか！」この際、状況をはっきりさせるいい機会だ。「キンバリーは、あなたがレイチェルと結婚したら、自分の立場がどうなるのか、不安に思っているのよ」

「レイチェルと結婚？」ニックは眉をひそめた。「そんなつもりはないよ。彼女と結婚するなんて、一度も言った覚えはない」

メレディスの心臓は狂ったように打ちだした。彼は結婚の約束などしていなかったのだ。気持を落ち着かせようと、彼女はコーヒーをごくりと飲んだ。

「実際、レイチェルは、先週の土曜日にＰＬＣの入学願書を届けに立ち寄ってくれたとき、前の晩に彼女が最も愛していた男性と再会したって話してくれたんだよ」

「まあ！」ニックの言葉で、状況は違う様相をおびてきた。結婚するつもりはないと言ったのは、たぶん彼のプライドからだろう。「さぞかしショックだったでしょうね」メレディスはニックの表情をさぐるように見つめた。

「そりゃ、驚いたさ」ニックは肩をすくめた。「でも、レイチェルのためにはうれしかったよ。彼女がその男性と初めて会ったとき、彼はすでに結婚していたんだ。彼女はそのことでかなり悩んでいた。今、彼は離婚に向けて努力しているらしい。彼女と再出発したくてね。この間も、彼とランチの約束をしていて、その途中でうちに立ち寄ったんだ」

それでレイチェルは念入りにドレスアップしていたんだわ！　ニックは、今はもう彼女とは親密な関係じゃないのよ！　うれしさのあまり、メレディスはめまいがしそうだった。彼の気持に未練が残っていないかどうかさぐろうと注意を集中するのは、容易なことではなかった。

「あなたは……彼女に惹かれていたんでしょう？」

「つまり、失恋して傷ついたかってことかい？」ニックはぶっきらぼうにきき返した。

「ええ、まあ……」メレディスはたじろいだ。「あなたは彼女の愛を期待していたんじゃなくて？」

「僕らはいい友達どうしだった」ニックはほほえんだ。それはみじんも悔しさの感じられない笑顔だった。「それはこれからも変わらない。友達どうしとして、訪ねたり訪ねられたりする関係を続けていくつもりさ」

「それはすてきなことだわ」メレディスは言った。安堵のあまり、体から力が抜けそうになるのがわかった。

「彼女はすばらしい女性だが、あいにくキンバリーに対しては、機嫌を取ろうしてかえっていらだたせていたところがある。子供の扱い方がわかっていないんだ」

「両親を一度に失ったショックから完全に立ち直れないでいるキンバリーを相手に、レイチェルはこの一年間、さぞかし苦労したことだろう。

「それに、たぶん、キンバリーの心の中には君がいたんだと思うよ」ニックは言った。

その言葉にメレディスは驚いたが、すぐに納得した。「もう一人の母親ね」彼女はつぶやいた。

「そう。彼女はずっと君を求めていたんだと思う。そして、ようやくそのことを口にしたんだ」

メレディスは満足のため息をついた。娘に求められていたと思うと、うれしかった。これで、もしニックが自分を求めてくれさえすれば、もう人生になにも望むことはなかった。

「キンバリーは君といるのがうれしくてたまらないみたいだ」

「ええ」メレディスは喜びではち切れそうな笑顔をニックに向けた。「そのうち意見のくい違いが出てくるでしょうけどね」

ニックはにやりとした。黒い瞳がいたずらっぽく輝いている。メレディスの心臓はまたしても早鐘を打ちだした。「小さな嵐《あらし》はときどき突発するだろうね。それらをどう切り抜けるかが問題だ」彼は忠告した。「キンバリーをPLCに行かせることについて、君の意見を聞かせてほしい」

二人は両親が子供について相談するように、なにがキンバリーにとって最善の道か、何時間も話し合った。もちろん、そのプランがキンバリーの賛成を得ることが条件だったが。そして、重要なことは、二人がいつもそばで見守っているという安心感をキンバリーに持たせることだという点で意見が一致した。といっても、彼女のわがままを助長するような過度の要求は認めないことにした。

ニックに、親としての責任を分かち合うように求められるとは、思ってもみなかったことだった。メレディスはそのことに大きな喜びを覚えた。時間があまりにも早く過ぎ、ニックにもう真夜中近いことを告げられたとき、びっくりしてしまった。いつのまにそんなに時間がたったのだろう。ニックはさらにつけ加えた。キンバリーはきっと興奮して、明日の朝は早々と起き出してくるだろう、と。

二人は一緒に家の中に入っていった。メレディスは興奮とエネルギーを持て余していた。神経が高ぶり、全身に生気がみなぎっていた。しばらくは眠りにつくことなど不可能に思えた。

メレディスは自分に割り当てられた寝室の前で立ちどまると、愛する男性に向かってにっこりほほえんだ。「あなたの寛大な心に、ほんとに感謝しているわ。おやすみなさい、ニック」

「おやすみ。いい夢を見て」ニックが言った。

今夜は本当にいい夢を見られそうだと思いながら、メレディスはつぶやいた。「あなたもね」

ニックと離れるのはつらいけれど、二人は同じ屋根の下で眠るのだ。それに、また明日がある。

11

ニックは暗闇《くらやみ》の中でベッドに横たわり、自分の人生に信じがたいような特別なことが起きつつあるという感覚を、なぜ素直に受け入れられないのだろうかと考えていた。メレディス・パーマーは、彼がこれまで女性に求めてきたすべてのものをそなえているように思えた。問題は、彼女についての夢がどれほど自分に影響を与えているか、確信が持てないことだった。彼女に引きつけられずにいられないこの感情は、本当に現実のものなのだろうか？

メレディスがあまりにも強烈に、あまりにも急激に感情を呼び覚ましたので、ニックは今夜できる限り彼女との距離を縮めたいという誘惑をかろうじて押しとどめた。そして、自分の欲望を抑えるために、キンバリーが明朝早々と起き出してくるだろうという口実に飛びついた。だが、メレディスの寝室のドアの前で別れるとき、もはや自制心は限界に達しかけていた。

ニックはメレディスを激しく求めていた。彼女を抱き締め、彼女のすべてを味わいたかった。自分の中で荒れ狂っている強い衝動を抑えこむことに、ニックはもう疲れ果てていた。二人のことだけを考えていればいいのなら、何物も彼を押しとどめることはできなかっただろう。しかし、メレディスとの関係は、キンバリーとあまりにも密接に結びついていたために、軽率に行動するわけにはいかなかった。

最も賢明なふるまいは、待つことだった。メレディスはしばらく別荘に滞在するのだ。それが三人すべてにとってよいことであると確信できない限り、行動に移してはならない。向こう見ずに大胆な行動をとることは、今の状況では決して感心できることではなかった。

だが、その一方で、メレディスが発散する魅力はニックの慎重さを揺るがしかねなかった。彼女といると、いつも体が高ぶり、情熱の渦に巻きこまれそうになる。

夢……不思議な夢。

今夜、メレディスがハーヴァードという言葉を口にしたとき、ニックは一瞬、彼女とそこで会ったことがあるのではないかと考えた。もしそうなら、そのことを忘れるはずがないが、少なくとも、彼女が自分の夢に侵入してくるようになった謎《なぞ》を解く鍵《かぎ》にはなるはずだ。

それに、メレディスが口にしたことで、ほかにも妙に違和感を覚えた言葉がある。〝どうして私に、現在のあなたがどういう人か、わかるっていうの？〟たぶん、以前に姉からいろいろと聞いていたために、そんなことを言ったのだろう。それでもやはり、単なる間接的なことではなく、もっと直接的なことを言っているような気がするのは否めない。

メレディスについては知らなくてはならない秘密があると、ニックの本能が叫びたてていた。しかし、彼が身悶《みもだ》えするほどさがし求めているにもかかわらず、それがなにか、まだわからなかった。

そのとき、ドアが開くかすかな音がして、ニックのもの思いを妨げた。空耳だろうか？　違った。再び音がした。ニックは廊下の床板がきしむ音を予期して聞き耳をたてた。古い家で音をたてずに歩くことはむずかしい。ぎいっという廊下の床板のきしむ音が聞こえた。だれかが歩いている。キンバリーだろうか？　それとも、メレディス？

ニックはバスルームから音が聞こえてこないかと耳をすました。が、なんの音もしない。もしかしたら、キッチンへ行ったのかもしれない。ニックはじっとしたまま、自分の推測を裏づけるどんな小さな物音も聞き逃すまいと、耳をすました。家の中は静まり返っていた。廊下を引き返してくる音は聞こえてこない。いつまでも続く静寂が、彼の神経をいらだたせ、不安にさせた。何事か確認するために、ニックはベッドから起き出した。

寝室がある翼棟の、どの部屋のドアの下からも、明かりはもれていない。居間のほうにも明かりがついているようすはなかった。家を二分している中央の廊下を横切ろうとしたとき、正面玄関のドアがわずかに開いていて、その隙間《すきま》から月光が差しこんでいるのに、ニックは気づいた。

不安をつのらせながら、ニックはドアへと近づいていった。何者かが家に侵入し、それから出ていったのだろうか？　自分がいつも寝るときにそうしているように、ボクサーショーツしか身につけていないことは、頭になかった。キンバリーが同居するようになってから、寝室以外ではだらしない格好は慎むようにしているというのに。歩いていたのはキンバリーかメレディスか、それとも見知らぬ侵入者か、確かめなくてはならない。ニックはそっとドアを開けた。

ベランダにはだれもいなかった。なにか動く気配はないかとうかがいながら、ニックは足を踏み出した。波の音以外、なんの物音もしない。海岸の方を見てみようと手すりに近づいていったとき、家の真正面の海岸線に立っている人影が目に入った。そのとたん、既視感《デジャ・ビュ》に襲われ、心臓がとまるほどのショックを覚えた。

それは、ニックの夢によく出てくるワンシーンだった。波打ち際に背を向けて彫像のように立ち尽くす女性――彼女の前には暗い神秘の海が、頭上には星をちりばめた漆黒の夜空が広がっている。風になびく彼女の長い髪だけが、生気を感じさせる。

あたかも海風が彼女のエッセンスを運んできたかのように、ニックは彼女がだれかを待っていることを、だれかが長い孤独に終止符を打ってくれるのを切望していることを、感じ取った。彼女のひたむきな欲求がニックの心の空虚な部分に渦を巻いて侵入し、彼を容赦なく彼女の方へ引き寄せた。

ニックは自分でも気づかないうちにベランダを離れていた。彼の足は勝手に階段を下り、砂丘の砂をはねあげながら彼女に向かって突進していた。彼を、彼だけを呼んでいるように感じられる彼女の魅惑的な歌に応《こた》えたいという抑えがたい欲望で、心臓が破裂しそうなほど激しく打っていた。

それは夢であって、夢ではなかった。今回は潮の香りがし、向かい風を、踏み締める砂の感触を、感じることができた。今度こそ、彼女をこの腕に抱き締められる――その予感に、ニックは興奮した。その半面、夢と同じ行動をとっていることに、謎めいた薄気味悪さを覚えた。

ニックが近づいてくる気配を感じ取ったのか、彼女はゆっくりと体の向きを変えはじめた。まるで意志に反して、何物かに振り向かされるように……。風に吹かれて、髪が顔にかかり、柔らかそうなネグリジェが腿にまつわりつく。女らしい豊かな胸の輪郭がくっきりと浮かびあがり、ほっそりした優美な姿がいっそう魅惑的に見える。

ひとりでにニックの足は速度をゆるめ、夢のとおりに、彼女の顔が完全に正面を向くのを待った。ニックを認めた瞬間、彼女が目を大きく見開き、その顔に驚きの表情を浮かべるのを、次いで、喜びに輝く顔でうなずき、彼を招くのを期待して。

そして、そのとおりのことが起こった。夢の中で、これまで何度となく繰り返されたように。

彼女の顔に、ニックが幻影でないことを知った驚きの表情が浮かび、続いて、その表情が喜びに震えた。かすかに開いた唇がいっそう官能的に映り、見開かれた大きな目が彼の心を吸いこむ深い海のように見える。

いよいよ障壁にぶつかるだろう、とニックは思った。いつも力いっぱいぶつかっても突き破れない、目に見えない壁が、彼女に触れることを許さないのだ。

額にじっとりと汗がにじんだ。ニックは拳《こぶし》を固め、足に力をこめた。心臓が早鐘を打っている。もしこれが現実なら、今夜は何物も僕を妨げられないはずだ。

ニックは勢いよく前に踏み出した。

彼女は消えなかった。

じっと動かずに立っていた。

ニックは両腕を伸ばし、彼女の腕をつかんだ。温かくて弾力性のある手応え。彼は胸を締めつけられるような息苦しさを覚え、大きくあえいで、胸いっぱいに空気を吸いこんだ。彼は生きていた。そして、彼女も生きていた。

「君はだれなんだい？」ニックは叫んだ。自分のものとは思えない、かすれた声だった。

彼女は質問を理解していないようだった。彼女の視線が彼の顔の上をさまよった。まるで大切な記憶と変わっていないかどうか確かめるように。

ニックはようやく彼女にたどり着いた。だが、ある意味で、まだたどり着いてはいなかった。「君はだれなんだい？」いらだちにさいなまれながら、もう一度ニックは叫んだ。

彼女の目がニックの目をまっすぐに見つめた。その目が彼に、思い出してほしいと訴えていた。「私はメリーよ」彼女はささやいた。「メリーよ……」

12

ニックの目の中に困惑の色を見て取り、メレディスは胸が痛くなった。近づいてくるニックの確固たる足取り、情熱的な態度に、彼の記憶が戻ったものと早合点してしまったのだ。しかし、もはや過去の記憶などなんの意味も持たなかった。重要なのは、今この瞬間の二人の感情だけだった。

過去も現在も未来も、二人を突き動かす、解き放たれた欲望によって消え失《う》せた。メレディスには、再びニックとこうして結ばれるのは奇跡としか思えなかった。彼女は片手を伸ばして、ニックの頬に当てた。メリーと答えたことでかき乱してしまった彼の心を、本能的になだめようとしたのだ。

「眠れなかったの……あなたのことを考えていて」

メレディスは愛にあふれた声でささやいた。

「僕のことを？　君が考えていたのは、本当に僕だったのかい？　それとも……」メレディスがうっかり答えた名前のせいで、ニックは疑惑と闘っていた。

「そうよ、ニック。あなたのことよ」メレディスはきっぱりと答え、もう一方の手で彼の裸の胸を撫《な》でた。長い間恋い焦がれていた体の接触を求めて。

ニックの目に燃える欲望の炎が、メレディスの血管に熱い血をそそぎこんだ。ニックは彼女の顔を両手ではさむと、顔を近づけてきた。彼の唇を迎えようと、メレディスは唇を開き、爪先立ちになった。

ニックのキスを満喫し、飢えた心を満たしたかった。もう二度と彼を放しはしないという強い思いに駆りたてられていた。

鬱積《うっせき》していた欲望がはじけたように、ニックはメレディスの唇を激しくむさぼった。そして、二人の体をぴったりと密着させた。メレディスは二人の違いを――彼が男であり、自分が女であることを強烈に意識し、電気ショックを受けたように震えた。

メレディスの中では、ニックと早く一つに結ばれたいという切迫した欲望が渦巻いていた。

ニックがキスを中断し、あえぎながらささやいた。

「君が欲しいんだ」

「私もよ」メレディスは同じくあえぎながら言った。

「今すぐに」

「ええ」

「ここでないところでね。砂の上はざらつくから……」

「どこでもあなたの好きなところでいいわ」

「ベランダに張り出したあの部屋なら、快適だと思うよ」

「ええ」

ニックは体を離すと、メレディスの手をつかんだ。

二人は一緒に勢いよく駆けだした。夜空の星をつかみ取れそうなほど、二人の気分は高揚していた。背後でとどろく波の音に負けないくらい、心臓が高鳴っていた。

ニックは階段の下でメレディスを立ちどまらせると、足を洗うために設置されている水道の蛇口をひねり、両手で彼女のふくらはぎから踵《かかと》、さらに爪先へと、やさしく洗っていった。そのあと、今度はメレディスがかがみこんで、彼に同じことをした。

ニックはその行為に心をかきたてられたらしく、すばやく栓を締めると、メレディスを抱きあげた。激しい感情に荒れ狂うニックの黒い瞳が、彼女の目をさぐるように見つめた。

「君は本当に……」

「なあに?」メレディスは促した。

ニックは頭を振った。「僕は心から……君と愛し合いたいと思ってるんだ、メレディス」

ニックに抱きあげられると、メレディスは彼の首に腕を巻きつけ、その喉元に顔をうずめた。長年荒野で独りぼっちで過ごしたあと、ようやく懐かしい我が家に帰ってきたような安心感にひたっていた。

「あなたは二度と戻ってこないと思っていたのに、戻ってきてくれた……」メレディスの口から、幸せを噛《か》み締めているような温かい吐息がもれた。彼女はニックに、彼がどんなに特別な人であるかを知ってほしかった。「あなたは、私がずっと恋い焦がれていた人なのよ、ニック」

「ああ」その言葉は熱い蒸気のようにニックの口から吐き出された。激しく渦巻く感情をぶつけるように。彼はメレディスを抱いている腕に力をこめた。

「もう待たせないよ、メレディス。孤独な生活はもう終わりだ」

ニックの声は凱歌《がいか》のように聞こえた。彼はまるで困難な戦いに勝って戦利品を意気揚々と運んでいく勝者のように、メレディスを抱きかかえたまま勢いよく階段をのぼり、喜びにあふれた足取りで、ベランダの一画を仕切って造られた予備の寝室の方へと進んでいった。

部屋の中はむっとしていた。ニックはコットンのキルトのカバーがかかったベッドにメレディスを横たえると、すばやく窓辺に駆け寄り、新鮮な空気を入れようと窓を開けた。メレディスは、気づかってくれる彼にほほえみかけた。だが、ニックがボクサーショーツを脱ぎ捨てたとき、彼女のほほえみは息もとまるような興奮にのみこまれた。

メレディスは急いで上半身を起こすと、絹のネグリジェとショーツをひと思いに脱ぎ捨て、かたわらにほうり出した。ニックがベッドに戻ってくる前に。

ニックはメレディスを抱きあげ、ベッドの端に立たせた。彼の顔と彼女の胸がちょうど同じ高さになった。ニックの視線は、目の前に誘惑するように突き出された胸に釘《くぎ》づけになった。

メレディスの胸はすぐに反応を示した。ニックがすかさず片方の乳房に唇を当てたとき、彼女の口から喜びのうめき声がもれた。彼はそのまま唇を這《は》わせ、もう一方の乳房にも同じ愛撫《あいぶ》を繰り返した。

興奮が胸から体の中心へと広がっていく。メレディスはニックの頭を手で包み、彼のうなじを愛撫し、髪にキスをした。

ニックの手がそっと下にすべってきたとき、メレディスは脚をかすかに開いた。彼の愛撫を迎え入れるように。ニックの手はこの上なくやさしく、ゆっくりと、じらすように動き、彼女の期待をいやが上にもかきたてる。メレディスは絶妙な愛撫に耐えきれなくなり、狂ったように彼の背中を強くつかんだ。

「ニック……」

その切ない、うめくような懇願だけで十分だった。ニックは片腕でメレディスを抱き寄せてベッドにひざまずくと、彼女を横たえて、体を重ねた。

ニックの目には歓喜の炎が燃えていた。彼はリズミカルに動きながら、これまで彼しかたどったことのない道を進み、メレディスを喜びの頂点へと駆りたてていった。やがて彼女の最も秘められた場所にたどり着いたとき、彼はかすれた荒々しい叫び声をあげ、彼女を満たした。

ぐったりとしたニックの体を、メレディスは両腕で抱き、その背中をそっと撫でた。十三年前に二人が愛し合った結果、妊娠したことが思い出された。今度もまた同じことが起きるだろうか？　もし子供を身ごもったら、彼は喜んでくれるだろうか？　一晩愛し合っただけで、私は期待しすぎているのかもしれない。

しかし、それは期待というより確信に近かった。

メリー――その愛称がニックの頭の中でこだましていた。まるでその名前が、信じがたい不思議な力によって二人が結ばれたこととかかわりがあるかのように。

「メレディス……」ニックは声に出して呼びかけた。頭の中で響いている名前を追い払うために。

「なあに？」

そのかすれた声がすべてを語っているように思えた。彼女の失われた恋の亡霊とこのことを結びつけて考えるのは、間違っている。ニックは自分にそう言い聞かせた。

「こんな強烈な快感はこれまで味わったことがない。想像すらしたことがなかったよ」ニックは頭をもたげて、ささやいた。自分をさらけ出して、大胆に応《こた》えてくれたメレディスに感謝するように、唇で彼女の唇をそっとなぞる。「想像をはるかに超えていた」

ニックはメレディスを腕に抱いたまま寝返りを打ち、横向きに寝そべった。二人の脚は親密にからみ合ったままだった。メレディスの体は、まるでニックのために特別に創《つく》られたかのように、彼の体にぴったりと合った。それなのに、どうして彼女はほかの男を愛することができたのだろう? ニックにとっては、メレディスのような女性は初めてだった。「奇跡だわ」メレディスの温かい息が体にかかり、彼を震わせた。「クリスマスの奇跡だわ」

彼女の声に、ニックは幸せな響きを感じ取った。

クリスマス……。

メリークリスマス……。

その特別な名前がまたしても不安を、ニックが抵抗しようとしている違和感を、かきたてた。キンバリーの実の父親がメレディスをメリーと呼ぶようになったいきさつを語ったときの、彼女の顔に浮かんだ悲痛な表情が、そして、胸を締めつけるような声の響きが、思い出された。

それに、今夜、メレディスが口にした、〝あなたは、私がずっと恋い焦がれていた人なのよ〟という言葉は、どういう意味なのだろう?

二人が出会ったのは、つい一週間あまり前のことなのに。そういえば、ほかにもメレディスは、もっとずっと前から僕を待っていたように聞こえる言葉を口にした。

〝あなたは二度と戻ってこないと思っていた……〟

二人が知り合ってまだ間がないことを考えれば、その言葉はまったく理屈に合っていなかった。

道理に合わないと言えば、メレディスがここ何年間も夢に出てくることもそうだった。

ニックは夢の中で何度となく触ろうと試みて、触ることのできなかった絹のような長い髪を撫で、その本物の髪に指をくぐらせた。メレディスがいっそう体をすり寄せ、激情のあとの安らぎに満ちた、満足そうなため息をついた。

ニックはメレディスの背中を指先で撫でながら、

なめらかな肌の感触を、柔らかな曲線を味わった。メレディスは申し分なく美しかった。彼が以前から想像していたとおりに。今、夢の中の女性はニックの腕の中で息づいていた。だが、依然として、彼女が夢に現れるようになった理由は、謎《なぞ》のまま残っていた。

いつごろから彼女の夢を繰り返し見るようになったのか思い出そうと、ニックは記憶をたどった。高校時代ではない。キララ・ビジネス・カレッジに通っていたころでもない。カレッジを卒業して、ハーヴァード大学に留学するまでの間に、頭蓋骨《ずがいこつ》にひびが入るという、あのいまいましいサーフィン中の事故による空白の期間があった。

めざしていた研究を続けるための知力を取り戻すには、しばらく時間がかかった。その間、ニックは失った記憶をできるだけ取り戻そうと努力した。そう、きっと、夢は記憶の一部だったのだ！　それを自分の抑圧の無意識の表れだと考えていたとは……。これまで何年間も、そう解釈していた。だが、夢はあの空白期間のあとから始まったに違いない！

戦慄《せんりつ》が背筋を走った。ニックは本能的に、頭にひらめいたその考えから目をそらそうとした。しかし、その考えは脳裏につきまとって離れなかった。

空白期間はクリスマスシーズンと重なっていた。

十三年前の……。

13

ドアをノックする音で、メレディスははっと目を覚ました。あわててあたりを見まわし、ニックの姿をさがす。彼の姿はなかった。それから、ベランダに張り出した寝室ではなく、自分の部屋に戻っていることに気づいた。一人で。

「起きてる、メリー？」

キンバリーの声だ！

起きてるわ、それも素っ裸で！　もしキンバリーが部屋に入ってこようとしたら……。メレディスはうろたえた。ベッドの裾《すそ》に置かれているネグリジェとショーツに目がとまる。メレディスはネグリジェをすばやくつかむと、急いで頭からかぶり、腕を出そうともがいた。「ええ。なあに？」ショーツのほうは枕《まくら》の下に突っこみながら、大きな声で答える。

「ニック叔父さんが、クリスマスツリーを買いに行くなら早いほうがいいって。さもないと、いいのは売れてしまうからって」

ニックはもう起きているんだわ！　いったい何時かしら？　メレディスは腕時計を確かめた。なんと、九時十五分前だった。メレディスは上掛けをはねのけると、クローゼットめがけて走った。

「ごめんなさい、キンバリー、寝過ごしてしまって。すぐに行くわ。バスルームはあいてる？」

「ええ。私たちはすませたから」

ほとんど九時近かった。キンバリーはたぶん六時ごろから起き出していたに違いない。もしかしたら、もっと早いかもしれない。もし私とニックがまだベランダに張り出した寝室にいたら……。翌朝のことを考えて、この寝室に運んでくれたニックに感謝しなくては。それにしても、彼に寝室に運ばれたことを覚えていないなんて。きっと死んだように眠っていたに違いない。

メレディスはネグリジェに合った絹のガウンをはおると、急いで新しい下着と、今日着る予定にしていた黄色のショートパンツとTシャツをつかんだ。胸をどきどきさせ、顔を紅潮させながら戸口に突進し、ドアをぱっと開けたとたん、まだその場にうろうろしていたキンバリーとぶつかりそうになった。

「ああ！　ほんとにごめんなさい、キンバリー。もっと早く起こしてくれたらよかったのに」すらすらと言葉が口をついて出た。

「いいのよ」キンバリーがにっこりした。「ニック叔父さんが、ゆうべは二人で遅くまで話しこんでいたからって言ってたわ」目がうれしそうに輝いている。自分の作戦がうまくいっていることに満足しているらしい。「楽しかった、メリー？」

メレディスはさらに赤くなった。頬が燃えるようだ。「ええ、楽しかったわ。急いで支度をするわね」

メレディスはキンバリーから離れるように一歩退いてから、バスルームに急いだ。昨夜の愛の行為の残り香がまだ体にしみついているのが、はっきりと意識された。

「ニック叔父さんが言ってたわ、今までで一番楽しい時間を過ごしたって」キンバリーが満足そうに告げた。

メレディスはドアのノブに手をかけたまま、足をとめた。喜びで胸が高鳴っていた。彼女はにっこりしながら、自分とニックの娘の方を振り返った。

「それはよかったわ」

「ええ」キンバリーは力強くうなずいた。その目がきらめいている。「それから、叔父さんはレイチェルと結婚するつもりはないって。だから、すべて順調にいきそうよ」

「そう。あなたの心配が取り払われて、よかったこと」メレディスは朗らかに言った。

キンバリーは、メレディスのくしゃくしゃに乱れた髪をさぐるようにしげしげと見つめた。「ゆっくり時間をかけて支度をしたらいいわ、メリー」彼女はアドバイスした。「私たち、待ってるから」

メレディスは幸せな気分にひたりながら、はずむような足取りでバスルームへ入っていった。〝今までで一番楽しい時間を過ごした……〟メレディスにとってもそうだった。最高にすばらしい時間だった。昔よりもずっとすばらしかった。なぜなら、今はなんの障害もなかったからだ。メレディスの年齢も、ニックのキャリアも、なんの問題もなかった。どちらの家族の反対もない。それに、二人が一緒になることを、娘が熱心に望んでいるのだ。これ以上完璧《かんぺき》な状況は望めないだろう。

シャワーを浴びて全身を石鹸《せっけん》で洗いながら、メレディスは官能的な喜びにひたった。昨夜、ニックによってかきたてられたすばらしい感覚が思い出される。これまで自分は、昔の彼との出来事を実際よりも美化しているのではないかと思うことがあった。だが、そうではなかった。それどころか、昨夜、彼と分かち合ったものに比べたら、記憶していたものは色あせて見えた。

シャワーをとめ、タオルで体をふくと、メレディスは手早く服を着た。広々としたバスルームで、ベンチを置くスペースさえ十分ある。彼女は洗面台の下の棚にしまっておいた化粧ポーチから、必要なものを取り出した。

ドライヤーで髪を乾かし、急いでブラッシングする。海辺では、口紅とアイラインを薄く引くだけでメーキャップは十分だった。

これでいいわ。母親に魅力的であってほしいという娘の願いを十分満たせそうだ。メレディスは急いで寝室に戻り、着替えた衣類をほうり投げると、カメラを手に取った。初めて親子でクリスマスツリーを買うのだ。彼女にとっては重要なイベントだった。今年のクリスマスのすべてを、写真に撮って記録しておきたかった。

廊下を歩いていくと、キッチンからニックとキンバリーがふざけ合っている声がした。メレディスは二人の親しげなやりとりを聞きながら、ほほえんだ。二人が長い年月の間につちかわれた親密な絆《きずな》で結ばれているのは、明らかだった。

メレディスがキッチンに入っていったとき、会話がとだえ、ニックとキンバリーはぱっと彼女の方を向いた。二人に興味津々の目で見つめられ、メレディスの脈拍は速くなった。

「すてき!」キンバリーがうっとりとした顔で言った。「黄色がとっても似合うわ、メリー。そう思わない、ニック叔父さん?」

「太陽よりすばらしいよ」ニックがほほえみを浮かべて同意した。だが、メレディスはそのほほえみの裏に緊張を感じ取った。キンバリーの前では尋ねることのできない質問を、必死で抑えている気配が伝わってくる。

「ありがとう」メレディスは二人に向かってにっこりほほえんでから、改めてニックを見つめた。「私に気をつかってくださって、ありがとう」

ニックのまなざしがやわらぎ、いくらかリラックスしたようすになった。「君は明らかに疲れきっていたからね。よく眠れたのならいいけど」

「ぐっすり眠ったわ。もっと早く起きたかったんだけど……」あなたと一緒にね、とメレディスは目で伝えた。ニックの白いTシャツと紺のショートパンツを心の中ではぎ取り、そのすばらしい体を思い出すと、かすかに顔がほてった。

「まだこれから何日もあるさ」それは光り輝くよう

な約束だった。「ポットにコーヒーが入っている。飲むかい？」

「マフィンもあるわ」キンバリーが熱心な口調で勧めながら、急いでメレディスのために皿を用意した。

「時間はある？　見事なクリスマスツリーを買い損ねたくないわ」メレディスはせっかちに言った。

「君の朝食のほうが大事だよ」ニックが言った。反論することを許さない、断固とした口調だった。

ニックはキッチンのテーブルの椅子を引いて、座るようにメレディスを促した。メレディスは人に世話をやいてもらうことの幸せを噛《か》み締めながら、椅子に腰かけた。長い間、自分で自分の面倒をみてきた彼女は、気づかってくれる家族ができたような喜びを覚えた。

「ニック叔父さんと私は、このクリスマスを特別すばらしいものにするつもりなの。あなたのためにね、メリー」キンバリーがマフィンを二つ差し出しながら告げた。ニックはコーヒーをついでくれている。「これまでずっと独りぼっちで過ごしてきたクリスマスの埋め合わせに」

激しい感情がこみあげてきて、目に涙があふれた。メレディスはあわててまばたきをして涙を払い、娘にほほえみかけた。「もうすでに特別だわ」

最高の気分よ。メレディスはそう思いながら、コーヒーの入ったカップを前に置いてくれたニックを見あげた。その目に昨夜の出来事の記憶が映し出されているのを見て、彼女は当惑しながらも、ひそかに興奮を覚えずにはいられなかった。

椅子の上で身悶《みもだ》えしそうになるのをかろうじて抑えると、メレディスはマフィンを手に取ってかじり、コーヒーで流しこんだ。

メレディスがあわただしく朝食をとっている間、ニックはキンバリーとおしゃべりをしていた。思った以上によく似ている二人を眺めながら、メレディスは過去を掘り返さないでおこうという決意について考え直すべきかもしれないと思った。二人が実の父と娘だと知らないでいるのは、間違っているのではないだろうか？　ニックにとっても、キンバリーにとっても。二人には知る権利がある。

ニックに話をするのは簡単なことではないだろう。とくに、昨夜、養子縁組のいきさつをきかれたときに、事実を隠して曖昧《あいまい》に答えたあとでは。あのときは、彼に重荷を背負わせたくないと思い、隠しておくほうがいいと判断したのだ。弟が責任を取らなくてすむようにと彼の姉が果たした役割や、彼女が弟とキンバリーの本当の関係を隠しとおしたことを思えば、そうするのは当然だった。事実を知ったニックが悩み、苦しむことは明らかなのだから。

でも、もう事情が違ってしまった。ニックは十三年前とまったく同じ感情を私に抱いている。そして、レイチェルの存在を気にする必要もなくなった。

二人が再び結ばれた今、メレディスはニックに少しでも負い目や罪の意識を抱かせたりすまいと決心した。これまでのことは、彼にはなんの責任もないのだ。

ニックはきっと私と協力して、キンバリーに話をしてくれるだろう。実の両親がそろって話すことが、娘が受けるショックを最も小さくするはずだ。過去よりも未来を強調することで、説明もスムーズにいくだろう。今夜、そのことをニックと話し合おう。愛し合ったあとで。メレディスはそっとほほえんだ。二人の気持がこんなに強く通い合っているのだから、すべてはよい方向に向かうだろう。

「食べたいだけ食べた、メリー？」キンバリーが尋ねた。

「ええ」メレディスは答えると、すばやく椅子から立ちあがり、カメラをつかんだ。「さあ、行きましょう」

「オーケー！　出発！」キンバリーはメレディスの腕を取り、引っぱるようにしてドアへ向かった。

「さあ、ニック叔父さん！　今年は去年より大きなツリーを買えるわ。三人で運べばいいんだもの」

メレディスは笑いを含んだ目でちらりとニックの方を見た。だが、彼の暗い表情を見て、はっとした。二人の目と目が合う。ニックはすぐに明るい表情になったが、メレディスが彼の目の中に見た不吉な影を完全にぬぐい去ることはできなかった。なにかがニックを悩ませている。彼の気に入らないなにかがある。三人で家を出て、自然保護区を通って村まで歩いていく間、メレディスはそのことを考えていた。

しかし、遊歩道まで来たときには、不安を覚えながらあれこれ考えていたことを、すっかり忘れてしまっていた。途中、キンバリーが、クリスマスプレゼントになにを買ってくれたのかきき出そうとニックにあれこれ質問し、彼が完璧なプレゼントを買い求めるためにいかに苦労したかを、おもしろおかしく語って聞かせ、二人を笑わせたからだ。

ニックはキンバリーの散らかった寝室を思い浮かべ、五千ピースのジグソーパズルを買うのをやめたという。なぜなら、ピースの何個かは彼女の寝室のジャングルの中で紛失するに決まっているから、と。それから、とてもすばらしいミシンを見つけたが、キンバリーが端切れを縫い合わせてすてきなパッチワークを作ることになど、まったく興味を示しそうもなかったから、買ってもむだになるだろうと思い、それもやめたと語った。

荷台にクリスマスツリーを満載したトラックが、雑貨店の前にとまっていた。さまざまなサイズのツリーが車体に立てかけられていて、元気なセールスマンが客と陽気に取り引きをしている。ツリーが一本売れると、助手が荷台から新たに一本下ろして補充する。選択の余地がないほど遅すぎなかったことに、メレディスはほっとした。

キンバリーとニックは並べられたツリーをゆっくりと見ていきながら、ときどき立ちどまってはツリーを立ててみて、全体を確かめている。メレディスはちょっとうしろに下がり、二人のスナップを撮りつづけた。

やがてキンバリーが抗議の声をあげた。「まったく、メリーったら！　ママも写真ばっかり撮って、うんざりさせられたけど、ママと同じじゃないの。そんなに写真ばかり撮っていたら、ツリーを選ぶ楽しみを味わえないわ」

メレディスは素直に娘の言葉に従い、カメラをしまって、二人に加わろうとした。だが、ニックが反対した。

「好きなだけ撮るといいよ、メレディス」彼は暗い目をして言った。それから、厳しい顔でキンバリーの方を向いた。「ママがメレディスに写真を送っていたことは知ってるね」

キンバリーはうなずいた。叔父の急激な気分の変化に、当惑した顔をしている。

「メレディスが君について知ることができたのは、年にたったの一度送られてくるその写真だけだったんだよ、キンバリー」

その言葉にこめられた激しい感情に驚き、メレディスはなにも言えなかった。自分がデニーズと交わした約束に、ニックがそれほど深く心を動かされていたとは思わなかったのだ。

「メレディスのアパートメントの寝室の壁は、君の写真で埋め尽くされているんだ」ニックは続けた。赤ん坊を手放すことで彼女がどんなに孤独に苦しんだかを、容赦なく暴きたてるように。「そのうちの何枚かは、できるだけ等身大に近い君を想像できるように、引き伸ばされて……」

「ニック……」そんなことは、キンバリーに話す必要はなかった。キンバリーには責任のないことで、彼女に罪悪感を抱かせるだけだ。

ニックがメレディスに鋭い視線を向けたとき、荒荒しい緊張感が伝わってきた。「君がどういう気持で生きてきたか、キンバリーは知るべきなんだ」

「すべては私が自分で選択したことよ」

「十六歳で?」

「お願い……」メレディスは取り乱したように手を振った。「もう過ぎたことよ」彼女は娘の方を向き、ニックが与えた苦痛を取り去ろうと、ほほえみかけた。「あなたの言うとおりよ、キンバリー。写真を撮るより、あなたと一緒にツリーを選ぶほうがずっと楽しいわ」

それは本当だった。メレディスはもう写真を必要としていなかった。彼女は娘との現実の生活を楽しんでいたからだ。

キンバリーに近づくと、メレディスはその肩をやさしく抱いた。「どのツリーが気に入った?」

訴えるようなグリーンの瞳がメレディスの顔を見つめた。「私もあなたのことを考えていたのよ、メリー。あなたの存在を知ってからずっと。自分の本当のお母さんがどんな人か知るのに、写真があったらどんなにいいかと思ったわ。でも、私は一枚も写真を持ってなかったの」

「わかるわ。知らないって、つらいことよね」メレディスはやさしく慰めた。

キンバリーはうなずいた。その表情が不安そうに曇る。「私に言ったことで、ニック叔父さんを怒らないで。叔父さんがああ言ってくれて、私はうれしいのよ、メリー。あなたがいつも私のことを思っていてくれたってわかって」

「怒ってなんかいないわ、キンバリー。彼は私のことを思って言ってくれたんですもの」メレディスはニックに向かって手を差し出し、その手を握るように促した。「ありがとう、ニック」

ニックはため息をつくと、皮肉な顔でメレディスの手を握り、親指で彼女の強く脈打つ手首を撫《な》でた。

「愛情あふれる母親には、それぐらいのことをして当然さ。僕にカメラを貸して。君とキンバリーがツリーを選んでいるところを撮ってあげよう。僕がその写真を欲しいんだ」

メレディスは声をたてて笑いながら、彼にカメラを渡した。なごやかな空気が戻ったことに、ほっとしていた。

それにもかかわらず、ニックが写真の件であんなにいらだったことに、メレディスは不安を抱いた。もし今夜彼に真実を話したら、彼はどれほどいらだつことだろう。今日はクリスマスイブだ。せっかくのクリスマスをだいなしにしたくはない。もっと一緒に過ごす時間を持ち、二人が本当に心を許して打ちとけ合えるようになるまで、彼にすべてを話すのは待ったほうがいいかもしれない。そうすれば、過去の出来事もそれほど鋭く胸に突き刺さることはないだろう。

それとも、それまで待っていたら、さらに事態を悪くするだろうか？

メレディスはどうすべきか悩みながら、キンバリーと一緒に、丈の高い、最も形の整ったツリーを選び出した。二人はそのツリーをはさんで立ち、写真におさまった。ツリーの代金を払うと、三人は大きなツリーの枝が地面につかないように注意しながら、それぞれ長い幹の一部を支えて、家へと戻っていった。

私たちは家族なんだわ。メレディスは心の中でそうつぶやいた。

ニックだけがそのことを知らない。

家族だと思うのは、とても幸せな気分だった。クリスマスには、だれもがこういう幸福感を味わうべきだ。メレディスは、これまでずっと家族のいない孤独を味わってきたことを痛切に感じた。ニックとキンバリーもまた、デニーズとコリンが亡くなって、喪失感を抱いているに違いない。真実を明らかにすることで、二人の寂しさはいくらか慰められるのではないだろうか？　それとも、二人が大事にしている思い出を壊すことになるのだろうか？

〝知らないって、つらいことよね……〟キンバリーに言った言葉が頭に浮かんだ。それは絶対的な真理だった。やはり、ニックに話さなければならない。

今夜。

それから二人で、キンバリーにどういうふうに告げるか考えよう。

14

はっきり確認できないことで、ニックは思い悩んでいた。そのせいでメレディスを二度ばかり不安にさせたのはわかっていたが、なにを悩んでいるのか、彼女に打ち明けるわけにはいかなかった。もし自分の推測が間違っていたら、メレディスはあきれ果てるだろう。キンバリーの実の父親と自分を結びつけるなんて、どうかしていると言って。ニックはメレディスの感情を混乱させたくなかった。しかし……知らなければならない！

ニックはせっかちに居間を行ったり来たりしていた。古い友人たちに電話をかけるのに、早く一人になりたくて、じりじりしながら。十三年前のクリスマスに、彼の身に起きたことを詳しく知っている可能性があるのは、ジェリーとデイヴだった。ニックの知る限り、あの長い休暇の始めから終わりまで、二人は彼と行動をともにしたのだ。

部屋の一隅に立てられた堂々としたクリスマスツリーが目に入ったとき、ニックは足をとめた。なんと皮肉なめぐり合わせだろう。今夜、三人は陽気に浮かれながらツリーの飾りつけをするはずだ。メリークリスマスを祝って。

メリー……。

ニックは頭を振った。早くこの心の重荷を取り除きたかった。メレディスとキンバリーが水着に着替えて現れたらすぐに、先に海岸へ行かせよう。古い友人の二人と連絡が取れなかったらと思うと、ニックは気が気でなかった。

「すばらしいツリーだと思わない、メリー？」

ニックはぱっと振り返った。メレディスとキンバリーが戸口に立っていた。白いハイレグのワンピース型の水着を着たメレディスの姿に、ニックは息をのんだ。蜂蜜《はちみつ》色に焼けたなめらかな肌が、触れたいという欲望をかきたてずにはおかない。

「まだ水着に着替えていないのね」

とがめるような声に、ニックはようやく姪《めい》の方に視線を向けた。「もうショートパンツの下にはいてるよ」ニックはうろたえて答えた。

「それじゃ、早く行きましょうよ」キンバリーが促した。

「先に行っていてくれ。あとから行くから。電話をしなくちゃならない用件を思い出したんだ」

キンバリーは不満そうなうめき声をあげた。「ニック叔父さんったら！　クリスマスイブなのよ、仕事なんか忘れて！」

「すぐ行くから」

「でも、叔父さんがいないとウインドサーフィンのボードを運べないわ」

ニックは首を振った。「ウインドサーフィンには
まだ風が足りないよ。ランチのあとまで待ったほう
がいい」

キンバリーはがっかりしたようなため息をついた。
メレディスがキンバリーの肩をやさしくつかんだ。
「ニックをあまり困らせないで。さあ、行きましょ
う。早く泳ぎたくてたまらないわ」

キンバリーは生意気そうににやりとした。「最後
に海に入るのは、ぐずな間抜けよ」

キンバリーはメレディスと一緒に笑いながら、追
いかけるニックから逃げ出した。

ニックはベランダまで追いかけてから、砂浜を駆
けていく二人を見守った。メレディス……夢の中の
女性。今ではその体に触ることもでき、僕の人生の
一部になっている。キンバリー……ポニーテールに
結んだ黒髪といい、ハミルトン一族と多くの共通点
を持っている。キンバリーは僕の娘なのだろうか？

ニックは、歓声をあげながら海に飛びこんでいく
二人の姿を見つめていた。胸が締めつけられるほど
幸せそうな母と娘の姿。メレディスが今までの長い
歳月、こうした母親としての幸福感を味わうことな
く過ごしてきた原因が、もしこの僕にあるとしたら
……。ニックはベランダの手すりを強くつかんだ。

僕は知らなければならない。

ニックは家の中へ引き返すと、まっすぐキッチン
の電話に向かった。今朝早く電話をかけたときは、
二人とも留守なのか、応答がなかった。クリスマス
の週末だから、ジェリーもデイヴもどこかへ出かけ
ているのだろう。

二人のどちらとも定期的に連絡を取り合っている
わけではなかった。ジェリーは仕事の関係でメルボ
ルンに移っていたし、デイヴはイギリスで結婚して、
ロンドンに住んでいた。どちらとも、クリスマスカ

ードを送り合い、たまに、それぞれの住む町で会うチャンスがあると、一緒に食事をしたり、飲んだりするぐらいだった。それでも、会えばいつでもすぐに昔の友情がよみがえった。二人がいつでも力になってくれることを、ニックは信じていた。

二人のどちらかが帰宅していることを祈りながら、まずジェリーの番号を押した。

応答はなかった。

ニックは心の中でロンドンの現在時刻を計算した。午前二時ごろだ。かまうものか、と思った。どうしても知りたいという欲求が、他人への配慮を消し去った。

ニックは国際電話をかけ、しばらく待った。呼び出し音が鳴りつづけている間、緊張で胃が締めつけられるように痛んだ。ようやく受話器を取る音がしたとき、安堵《あんど》感が全身に広がった。

「デイヴ？」ニックはせきごんで尋ねた。

「ああ。だれだい？」眠そうな声が返ってきた。

「デイヴ、ニックだ。ニック・ハミルトンだよ。夜分にすまない……」

「ニック！　こっちが何時かわかってるのかい？」

「ああ、わかってる。もっと前にかけたんだが、出なかったから」

「クリスマスイブなんだよ……」あきれたようなつぶやきが、すぐに不安そうな声に変わった。「なにかあったのか？」

「僕にとって重要なことなんだ、デイヴ。君の助けがいるんだよ」

「わかった！　なんだい？」すぐさま言葉が返ってきた。

ニックは大きく深呼吸をした。「カレッジの卒業記念にみんなで旅行しただろう。覚えているかい？　結局、僕が頭蓋骨《ずがいこつ》骨折で病院へ運ばれて終わりになってしまったけど」

「もちろん、覚えているさ。サーフィンの名所を全部めぐったんだ、君が大怪我《けが》したトゥイード・ヘッズまでね」

「訪れた海岸を教えてほしいんだ、デイヴ」

「海岸の名前を知りたくて真夜中に電話で人を起こしたのかい？」

「いや、もっと重大なことだ。あのときの旅行のことは、僕の記憶から抜け落ちてしまっている。僕の記憶の空白を埋めてほしいんだ。頼むよ、デイヴ」

「わかった。ええと……まず僕らはフォースターの近くのブーメランに立ち寄った。すばらしい波でね。おおいにサーフィンを楽しんだ。ある日、海豚《いるか》の群れと出会って……」

「次の海岸は？」ニックはせきたてた。

「あれはポート・マックォーリーのフリンズだったと思う」

「その次は？」

「ケンプジーの東のサウス・ウエスト・ロックスだ」

「それから？」

「たしか……ソーテルだ、コフス・ハーバーの近くの」

コフス・ハーバー！

ニックはぐっと唾《つば》をのみこんだ。「デイヴ、コフス・ハーバーで、僕は女の子と親密な関係にならなかったかい？」

「なるほど！　女の悩みってわけか！　彼女、追いかけてきて、君につきまとっているのかい？」デイヴは冷やかすような声で言った。

ニックは目をつぶった。「やっぱり、そういう相手がいたんだな」

「君は首ったけだったよ。それで、彼女と離れられなくて、自分は残るから、僕らだけで旅行を続けるように言ったんだ」

「それなのに、僕はなぜそこにとどまらなかったんだい？」

「彼女の母親が、娘はまだ十六歳だって君に文句を言ったからさ。それで君も、結婚するには相手がまだ若すぎると考えたんだ。結局、君は分別を取り戻して、旅を続けることにしたってわけさ。でも、コフス・ハーバーを離れてから、君はうわの空で、サーフィンに集中していなかった。だから、トゥイード・ヘッズであんなことになったんだと思うよ」

すべてが符合していた。しかし、ニックはまだ最後の決定的な事実をきいていなかった。「彼女がなんていう名前だったか覚えているかい、デイヴ？」

「彼女の名前ね……なんていったかな……」

「お願いだ、なんとか思い出してくれないか」ニックは懇願した。息苦しいほど激しく心臓が打ちだした。

「そもそも彼女の本名は聞いたことがなかったと思うよ」デイヴは考えこんだ。「そう、君は彼女のことを特別な愛称で呼んでいたんだ」笑いを含んだ声でデイヴは言った。

「その愛称を覚えているかい？」

「忘れるものか！」デイヴは声をたてて笑った。「この時期にぴったりの名前さ」

「言ってくれ」

「メリークリスマス。君は彼女をそう呼んでいた。メリークリスマスってね」

15

ニックはスコアを書きとめると、トランプのカードを集めた。彼は疲れたような顔をしていた。ずっと口数が少なく、どこか放心状態に見える。彼はキンバリーにたびたび注意されては、そのつど、なんとかゲームに集中しようとしていた。メレディスは不安になった。彼は疲れすぎていて、キンバリーがベッドに入ったあと、二人水入らずで過ごすことができないのではないだろうか？

水泳、ウインドサーフィン、クリスマスツリーの飾りつけと、今日はよく体を動かした。それにニックは、今朝はキンバリーと早くから起き出していたから、昨夜はあまり眠っていないはずだ。もし彼が、

今夜はみんな早く寝ようと言ったら、どうしよう？

「これが最後の勝負だよ、キンバリー」ニックはテーブルにカードを配りながら念を押した。「勝っても負けてもだ、いいね？」

「でも、興奮していてまだ寝る気分になれないわ」キンバリーが椅子の上で体を揺らしながら訴えた。

ジンラミーのスコアはニックとキンバリーの間で一進一退を繰り返していたが、今はニックがリードしていた。メレディスはまったく勝ち目がなかった。彼女は勝負に熱中できないでいた。ニックにどういうふうに真実を明かすのがベストだろうかと、あれこれ考えていたからだ。

「これでもおまけしてやってるんだよ。テレビのクリスマスキャロルの番組が終わるまでって約束だったんだからね」

「たった今終わったばかりよ」

「約束は約束だ」

キンバリーはふくれっ面をして、自分のカードを取った。「それじゃ、絶対勝たないとね」

メレディスが内心ほっとしたことに、キンバリーが勝った。彼女は大喜びだった。あるいは、ニックがわざと勝たせたのかもしれない。いずれにしても、就寝時間について、それ以上もめることはなかった。キンバリーは勝利の歓声をあげながら、カードテーブルのまわりを飛びはねた。それから、ニックとメレディスにおやすみのキスをし、クリスマスツリーの下に積み重ねられたプレゼントの山に憧《あこが》れのまなざしを向けてから、《ジングル・ベル》を高らかに歌いながら、寝室へと遠ざかっていった。

「子守り歌にはほど遠いわね」メレディスはニックの笑顔を期待して言った。

だが、ニックは笑みを浮かべなかった。「片づけよう」彼は静かな声で言った。

キンバリーがいた間、ニックがなんとか保っていたリラックスした態度は消えていた。代わって彼から伝わってくる、ぴりぴりするような緊張感が、メレディスを疑惑の渦の中に突き落とした。彼は軽率に私と関係を持ってしまったことを後悔しているのだろうか?

メレディスはさぐるようにニックの顔を見たが、彼は視線を伏せ、カードをケースにしまっていた。それから立ちあがり、メモ用紙とペンと一緒にゲーム用品をしまってある棚にそのケースを戻した。

メレディスはかすかに震える手で汚れたグラスを集め、キッチンへ運んだ。なにが悪かったのだろうかと、頭の中で忙しく考える。ようやく二人きりになれたのに、ニックはそのことを喜んでいるようには見えなかった。むしろ、その反対に見えた。

メレディスはグラスを洗って、水切り籠《かご》に並べた。早く居間に戻って、いったいなにがニックを悩ませているのか知りたい。半ば恐れながらも、知らないよりは知ったほうがましだと思えた。

メレディスが居間に入っていったとき、ニックは突っ立ってクリスマスツリーをにらんでいたが、足音を聞くと、くるりと彼女の方を振り返った。作り笑いを浮かべている。「ベランダに出ないか？キンバリーに僕たちの話を立ち聞きされたくないんだ」

メレディスはうなずくと、先に立って歩いていった。あとからついてくるニックが強烈に意識される。ベランダに出ると、彼は玄関のドアを閉めた。もの問いたげに振り返ったメレディスに、昨夜二人が座っておしゃべりをした籐《とう》椅子の方を手で示す。明らかに愛し合うつもりはないらしい。彼女に対して欲望を感じているとしても、それを断固として抑えつけているようだ。

ニックはメレディスが椅子に腰かけるのを待っていたが、自分は一緒にかけるほどくつろいだ気分ではないらしく、手すりの方へ歩いていった。しばらく海の方を見つめてから、ようやく彼はメレディスの方を向いた。

「メリーが、僕が君につけた愛称だってことはもうわかっているんだ」とても静かな声だった。「君がキンバリーにメリーという愛称について説明したとき、君は僕のことを言っていたんだね」

ショックのあまり、メレディスは口がきけなかった。彼は知っている。もう説明する必要はないのだ。

「そのことを、僕が記憶していないと知っていたのかい？」ニックは尋ねた。

苦悩に満ちた声がメレディスの胸を締めつけた。彼女の心は混乱していた。いつ、どうやって、ニックは知ったのだろう？　だが、いずれにしても、それはメレディスの望んでいたことだった。ニックに今夜話そうと思っていたのだから。もっとも、彼に先を越されようとは予想もしていなかったけれど。

メレディスは適当な言葉をさがしながら、とぎれとぎれに話しはじめた。「あなたのお姉様から聞いていたわ。あなたの事故のことをね。でも、心のどこかで信じていなかったの。でも、先週、あなたがキンバリーのことで私のアパートメントを訪ねてきたとき、私のことを覚えていないのははっきりとわかったわ」

ニックの顔に絶望的な表情が浮かんだ。「僕はまだ思い出せないんだ」

メレディスは再びショックを覚えた。「それじゃ、どうして？　どういうことか、わからないわ……」

「今日、デイヴに電話したんだ。デイヴ・ケターリッジ。あの夏、僕と一緒に旅行していた――」

ニックの友人の一人だった。メレディスは彼らを覚えていた。もう一人はジェリーといった。ジェリー・トンプソン。ニックが今日デイヴに電話したということは、彼らと今も交流があるらしい。ということは、今日三人でサーフィンをしている間も、ニックは自分がキンバリーの父親だと知っていたということになる。さっきトランプをしていたときも。彼は驚くほどの自制心で感情を押し隠し、だれにもじゃまされずに、私と二人きりで話し合える機会をひたすら待っていたのだ。

「どうして僕に連絡しなかったんだい？」ニックは緊張でこわばった声で尋ねた。「少なくとも、僕にチャンスを……」そこで鬱積《うっせき》した感情が爆発した。「まったく、どうしてなんだ、メリー！　君が身ごもったのは僕の子供なんだよ。僕には知る権利があったはずだ」

ニックを傷つけずにすます方法はなかった。メレディスは真実を話すしかないと思った。「あなたと連絡を取ろうと、できるだけのことはしたわ、ニック」

「君は姉に会ったはずだ」すかさず彼の口から非難

の言葉が飛び出した。怒りといらだちに彩られて。

「ええ。あなたが彼女の住所を残していったから。一年後、お互いに気持が変わっていなかったら、クリスマスカードを送り合おうと言って。妊娠しているとわかったとき、私の継母《はは》が……」継母のことを持ち出すのは適切ではなかった。メレディスは一息ついてから、平静な声を保とうと努力しながら先を続けた。「私はコフス・ハーバーからシドニーまでバスで行って……」

「お継母《かあ》さんに追い出されたのかい？」

メレディスはたじろいだ。「そういうわけじゃないわ。ただ、継母の妹が、彼女のフラワーショップで働くなら私を家に置いてもいいって言ってくれたの。それで、シドニーの彼女のところへ行く途中、あなたの残していった住所を訪ねたの」

「でも、僕はそこにいなかった」

「ええ。お姉様から、あなたがハーヴァードの奨学金を獲得して留学したと聞かされたわ。二年間は戻らないって」

「姉に、僕のアメリカの住所をきけたはずだ」

依然として責めるような口調のニックを、メレディスは真正面から見つめた。「きいたわ。どうしていいか途方にくれてね。でも、妊娠していることをお姉様に話したのが間違いだった」

「間違い！　間違いって、どういう意味だい？」ニックは厳しい口調で問いただした。

メレディスはためらった。このことを思いやりをもって話す方法などなかった。彼女はため息をつくと、事実をありのままに告げることにした。「お姉様は、有望なあなたの将来をだいなしにしたくないっておっしゃったわ。あなたは記憶を失っていて、責任を取ることもできないのに、あなたの子供を身ごもっているからって、妻になるには年も若すぎて、教養も身につけていない娘のために、あなたを帰国させるわけにはいかないって。私は一生あなたの足手まといになるだろうって」

「姉がそう言ったのかい？」ニックは激しいショックを受けているようだ。

「お姉様の立場からすれば、無理もない考えだったと思うわ」メレディスはニックを見つめた。耐えがたい苦しみを思い出し、傷ついた目で。「でも私は、あなたが私のことを忘れるなんて信じられなかったのよ、ニック。お姉様が嘘をついているんだって思ったの」

ニックは大きく息を吸いこんでから、ゆっくりと吐き出した。息が震えていた。「それは本当のことだ……でも、本当でないとも言える。僕は君のことをずっと夢に見ていたんだ。この何年間か、繰り返し何度もね。君のアパートメントを訪ねて、初めて君を見たとき……」ニックはかぶりを振った。「僕は頭がおかしくなりそうだった」

それでようやく納得がいった。「だから、デイヴに電話をしたのね」

「それもあるけれど……君が口にしたことや……自分の感覚や……」

ニックは以前と気持は変わっていないと言っているのだろうか？　それとも、友人に電話をかけて、裏切られたという思いを抱き、気持が変わってしまったというのだろうか？

ニックはメレディスの方に近づいてこようとしなかった。たぶん、私に触れたいと思っていないのだと、メレディスは思った。その暗い表情は、彼女に触れられることも拒否しているように見える。

「私はデイヴをさがそうとしたのよ」メレディスは吐き気を覚えながら言った。「それから、ジェリーも。二人にきく以外、あなたの居場所を知る方法を思いつかなかったから」

ニックの顔がこわばった。「ジェリーは僕がどこにいるか知っていたはずだ」

「シドニーの電話番号簿にはトンプソンという名前は五ページもあるのよ」メレディスは言った。「だから、まず、ケターリッジを当たってみたの」

ニックは眉をひそめた。「デイヴは、あの年はバックパックを背負って外国を放浪していたはずだ」彼は思いをめぐらすようにつぶやいた。

「彼のお父さんが、彼からときどき絵はがきが来るけど、一番最近のはトルコからだったって教えてくれたわ。そしてそのはがきには、これからインドに向かうと書いてあったって。彼のご両親は、あなたがアメリカにいることはご存じだったけど、住所は知らなかったの。それで、ジェリーの自宅の電話番号を教えてもらったのよ」

「それで、ジェリーは協力してくれなかったというのかい？」まったく信じていないような口ぶりだった。

「電話に出た彼のお母さんが、彼は家を出たって、ぶっきらぼうに言ったわ。そして、彼が捨てた女の子たちがしじゅう電話をかけてくるからうんざりしているって。もし彼が連絡したいと思えば、連絡するだろうって。私がようやくあなたのことをきくと、やはり、連絡したければあなたのほうから連絡してくるだろうって言ったの」

ニックはうめき声をもらし、手すりから離れると、ベランダを行ったり来たりしはじめた。「ハーヴァード大学宛《あて》に手紙を書くこともできたはずだ」

その言葉は鞭《むち》のようにメレディスを打った。彼女はぱっと顔を上げた。「できたっていうの？」メレディスは椅子から立ちあがり、ニックと向き合った。彼の主張に挑戦するように、怒りに燃える目をして。

「私は目の前ですべてのドアをぴしゃりと閉められたのよ。あなたのお姉様は、あなたは私のことを忘れてしまったと言った。ミセス・トンプソンは、あなたを追いかけまわしていると言って私を嘲《あざけ》った。継母は、あなたは逃げたんだと言ったわ」

「逃げたんじゃない」ニックは急いで弁解した。「僕が去るのが君のためだと思ったんだ」

「でも、あなたはそのとき音信不通だったのよ」メレディスは言い返した。

「それでも、僕には知る権利があった」ニックはどなった。

「それなら、あなたのお姉様に怒ればいいわ」長い間耐えてきた苦しみに、メレディスの声は震えた。「彼女があなたのためだと判断して、決定したことよ。あなたのことを一番知っている彼女がね」

ニックは目を閉じ、頭を振りながら額をさすった。「僕は考えつづけていたんだ……ずっと……何年間もずっと……僕は知らされて当然だったんだ」

「それで、あなたが責めるべき相手は私だけってわけね？　そうなのね、ニック？」メレディスは失われた歳月を思い、苦々しさがこみあげてくるのを覚えた。

「違う！」ニックは両手を握り締め、苦しそうな目でメレディスをにらんだ。「僕は事実を……頭で理解しなければならないんだ……」

「理解、ね」メレディスは嘲るように言った。そして、首を振りながらニックから離れ、手すりの方へ歩いていくと、憂鬱な思いで海を――何度も自分の悲しみを目撃してきた、もの言わぬ証人を見つめた。「私がどんな気持だったか、何百年かかったって、あなたには想像もつかないと思うわ」

ニックは重苦しいため息をついた。「姉に責任があるのはわかっているさ」ニックは静かな声で認めた。「君を責めてるんじゃないんだ、メリー。ただ、僕は知らせてほしかったと……」

「私が知らせたくなかったとでも思ってるの？」今もうずく古傷をニックに再びえぐられ、メレディスは声を荒らげた。それから、ぐっと唾《つば》をのみこみ、夜空にちりばめられた星を見あげた。はるか宇宙のかなたにきらめく星を。メレディスが最も必要としていたときのニックのように、手の届かない星を。

「私が赤ん坊をあなたのお姉様に託したのは、彼女があなたの家族だったからよ。少なくとも、あなたは自分の子供に会うことができると思ったの。私の代わりに娘を愛してくれるだろうって。でも、心のどこかで、私は期待していたわ……次のクリスマスに、あなたからクリスマスカードが届くことをね。もし私に対する気持が変わっていなければ、あなたはカードを送ってくるはずだって」

メレディスはくるりと振り向いた。ニックに自分の怒りをぶつけるために。あのときの疑惑と、自分が下さなければならなかった決断を思うと、今でも胸が痛んだ。

「私には、あなたが私の記憶を失ってしまったなんて信じられなかった。でも、あなたが私のことを思ってくれているかどうかはわからなかった。もしまだあなたが私のことを思ってくれているなら、クリスマスカードを送ってくれるはずだって、私は自分に言い聞かせたわ。そうしたら、あなたに手紙を書いて、赤ちゃんのことを知らせよう。本当に私のことを愛してくれているなら、あなたはきっとすぐに帰国して、すべてがうまくいく。私たちは結婚して、親子三人で暮らせるだろうって」

「でも、僕はクリスマスカードを送らなかった」ニックはうつろな声で答えた。

「ええ。そのとき、私は自分が本当に子供を手放してしまったことを悟ったのよ」あのときの絶望感がよみがえってきて、声が震えた。「もう取り返しがつかなかった」

ニックはなにも言わなかった。

メレディスの喉の奥から、ふいに皮肉な笑い声が飛び出した。「あのときのショックときたら、忘れられないわ……あなたのハーヴァードでの二年間の留学期間が過ぎたとき、私はもう一度お姉様の家を訪ねていったのよ、あなたに会おうと決心して。会って……あなたが本当に私のことを忘れているのか、それとも、心変わりしてしまったのか、確かめたかったの」

「でも、姉夫婦は引っ越してしまっていた」ニックはメレディスの代わりに先を続けた。「姉は養女をもらってすぐ、新しい家を買ったんだ」

メレディスの唇がゆがんだ。「私はひたすら自分を責めつづけたわ」彼女は肩をすくめた。「でも、少なくともお姉様は約束を守って、写真を送ってくださった」

「それが結局、僕を君のところへ戻らせたわけだ」ニックは喜びとはかけ離れた、疲れ果てたような声で言った。

メレディスの目に涙がこみあげてきた。「私はあなたが本当に私のもとに帰ってきたんだと思ったのよ。ドアを開けて、あなたが立っているのを見たとき……私はあなたが私のところへ戻ってきたんだと思ったわ」

「ああ!」ニックは絶望に駆られたように頭を振った。「あのとき、僕のどんな言葉を期待していたんだい?」

君を愛している、もう永久に君を放さない、という言葉よ! メレディスは心の中で叫んだ。

そのとき、玄関のドアの開く音がし、二人は我に返った。ニックがはっとしたようにうしろを振り返った。メレディスは、ベランダに出てくるキンバリーの姿を——頼りなげな小さな少女の姿を、呆然《ぼうぜん》と見つめた。キンバリーは叱《しか》られることを恐れているように、おずおずと二人の方を見つめた。

「ベッドから起き出して、なにをしているんだ、キンバリー？」ニックがどなった。

「なかなか眠れなかったから」キンバリーの声は震えていた。「もう一度プレゼントを見ようと思って起きてきたの」

「つまり、僕たちをスパイしていたんだね」ニックは険しい声で言った。

「ニック……」メレディスはたしなめようとした。

彼はメレディスの方をうろたえた目でちらりと見た。「キンバリーは立ち聞きする癖があるんだ」

メレディスは娘を見つめた。キンバリーもまたひどくうろたえていた。「立ち聞きしていたの、キンバリー？」メレディスはやさしく尋ねた。

キンバリーは今にも泣きそうな顔でうなずいた。

「そんなつもりはなかったのよ、メリー。窓が開いていて、二人が話しているのが……聞こえたから……」彼女は嗚咽《おえつ》をこらえ、涙で光る目を大きく見開いてニックを見つめた。

「まったく、なんて子なんだ、キンバリー！　これは君には関係ないことだ！」ニックが荒々しい声で言った。彼は気が動転していて、自分が間違ったことを言っているのに気づいていなかった。

これはキンバリーにも関係のあることだった。彼女にも知る権利があった。メレディスはただおろおろしながら、キンバリーが子供らしい率直さで、ニックにストレートに質問するのを見守るしかなかった。

「叔父さんが私の本当のお父さんなの？」

16

頬を涙が流れ落ちていたが、キンバリーはそのことに気づいていないようだった。彼女の目はニックに釘《くぎ》づけになっていた。きちんとわかるように説明してほしいと、その目は無言で懇願していた。片手でTシャツタイプのナイティの前を握り締めている。まるで、なにかにつかまりたいという無意識の欲求を示しているように。ポニーテールをほどいた寝乱れた髪。自分がよりどころとしていたものをすべて失ったキンバリーは、迷子の孤児のように見えた。メレディスは彼女を引き寄せ、やさしく抱き締めて、安心させてやりたかった。

しかし、娘が見つめているのはニックだった。メレディスはキンバリーに駆け寄りたい衝動を必死で抑えた。今、娘のすべての質問に答えるのは、ニックの責任であり、義務だった。

だが、ニックはキンバリーと同じくらい取り乱しているように見えた。キンバリーにすべてを――養父母が彼女を実の母親から取りあげたこと、ニックに父親だと知らせなかったこと、ニックとメレディスを二度と会わせないようにしたこと、彼女に実の両親を教えなかったことなどを、聞かれてしまったかもしれないという不安で。

ニックとキンバリーの知っていた世界は粉々に打ち砕かれてしまったのだ。あまりにも早く、どちらもまだ心の準備ができていないうちに。どんなに努力しようと、元どおりにすることは不可能だった。しかし、なんとか事態を収拾しなければならなかった。

気をもみながら見守っていたメレディスにとって、

永遠の時が流れたように思われたとき、ようやくニックが動いた。彼は表情をやわらげて娘に歩み寄ると、彼女の両手を取って撫《な》でながら、しゃがんでその目をのぞきこんだ。

「そうだよ、キンバリー」ニックはやさしく答えた。「僕が君の本当の父親だ」

キンバリーは唇を噛《か》み、かぶりを振った。動揺のあまり、口がきけないようだ。

「知らなかったんだよ、キンバリー。今日まで知らなかったんだ」ニックは続けた。「でも、もう知ったからには……」

「どうしてメリーを忘れられたの？」それは、なぜ自分の母親を、そして自分を捨てたのかと問いただす、心の底からの叫びだった。

母親に対する娘の愛情に、メレディスは感動して涙があふれそうになった。娘が私のために抗議してくれている……。なんと早く、母と娘の絆《きずな》が築かれたことだろう！

ニックは深く吸いこんだ息をゆっくりと吐き出しながら、娘の頬を流れる涙を指でやさしくぬぐった。「メリーを忘れたんじゃないんだ、キンバリー。僕は彼女と別れた直後に頭を怪我《けが》して、それ以前の何週間かの記憶を失ってしまったんだ。彼女と出会ったことも、恋に落ちたことも思い出せなかったけれど、それ以来ずっと、彼女のことを夢に見るようになった。僕には彼女が現実に存在する女性かどうか、わからなかった。夢の中では、僕は彼女に決して触れることができなかった。でも、もしいつか触れられるときがきたら、彼女は僕の人生に特別な魔法をもたらすだろうという気がしていた。そして、そのとおりになった。彼女は僕に娘を与えてくれたんだ」

キンバリーとメレディスの目から、さらに涙があふれ出た。ありがたいことに、だれもメレディスの方を見ていなかった。

キンバリーは唾《つば》をのみこんだ。「叔父さんは……メリーのもとに戻って……結婚するつもりなの？」

「ああ」ニックは即座に答えた。「僕は君の父親になりたいと思っていたんだよ、キンバリー。それに、メリーを見たとたん、僕は再び恋に落ちてしまった」

メレディスの心臓が飛びあがった。ニックは本心を語っているのだろうか？　それとも、単にキンバリーをなだめようとしているだけなのだろうか？

「なぜママはメリーを叔父さんから引き離したの？」キンバリーは悲痛な声で言った。「そんなのフェアじゃないわ、ニック叔父さん。フェアじゃないわ！」キンバリーはすすり泣きはじめた。

ニックはキンバリーを抱きあげた。キンバリーは彼の首に腕を巻きつけ、泣きじゃくった。自分を愛してくれ、自分も愛していたと思っていた養父母への信頼を失ったことで、彼女は苦しんでいた。ニックはキンバリーを籐《とう》椅子の方に運んでいき、彼女を膝に抱いて椅子に座ると、その背中をそっと撫でた。

メレディスは二人のそばに立っていることしかできなかった。求められたら、できるだけ力になれるように。そして、自分の涙を抑えようと必死で闘っていた。もしキンバリーに見られたら、いっそう彼女を苦しめることになるからだ。

キンバリーの泣き声はしだいに弱まり、ときおりしゃくりあげるだけになった。ニックの肩に顔をうずめたまま、彼に子猫のように撫でられている。今のキンバリーは幼い子供のように、愛され、甘やかされることを求めていた。

「キンバリー……」ニックがやさしく呼びかけた。「君のママがしたことは間違っていた。僕にとっても、メリーにとってもね。でも、君のママもパパも君をとても愛していた。二人は、メリーと僕の関係がどんなものだったか知らなかったんだ。きっと、それが君の幸福のためだと思ったんだよ。そして、二人は君に幸せな生活を与えるために、できる限りのことをした」

ニックは視線を上げて、メレディスの方を見た。謝罪するような、懇願するような、悶々《もんもん》とした目で。

メレディスはすぐに二人のそばにかがんで、夜気で冷えきったキンバリーの脚をこすった。

「キンバリー……あなたのママが毎年送ってくださった写真から、私はあなたがとても幸せに暮らしているのを感じていたわ」メレディスは安心させるように言った。「あなたの写真を眺めるのが大好きだった。ニックが話したように、寝室の壁中にあなたの写真が飾ってあるのよ。お願い、これまでのあなたの幸せな年月をだいなしにしないで。あなたのママとパパがあなたにとても温かい家庭を与えてくださらなかったら、あなたは今のようにすてきな女の子にはならなかったと思うわ」

キンバリーの悲しそうな顔が、長い髪の間からのぞいた。「あなただって私を愛してくれたと思うわ、メリー」

「もちろん、私はあなたを愛しているわ。あなたは私の大事な娘よ。今までもそうだったし、これからもそれは変わらないわ、キンバリー。どんなことがあろうともね」メレディスは断言した。

「でも、ママはあなたから私を奪ったのよ。あなたはそう言ってた――」

「いいえ。それはあなたの誤解よ、キンバリー」メレディスはすばやくさえぎった。「私はあなたのママに、自分で育てるよりもずっとよくあなたの面倒をみてもらえると思ったから、あなたを託したの。そのときの私には、あなたに十分なことをしてあげられる力がなかったから。実際、あなたのママとパパはあなたをとてもよく世話してくださったわ。たとえニックが私のもとに戻ってきてくれて、二人であなたを育てていたとしても、私たちにはこんなに立派にあなたを育てられたかどうかわからないわ」

キンバリーはしばらくそのことについて考えているようだった。「でも、そうでなかったら、私は本当の両親を持つことができたわ」

「結局、あなたは本当の両親を持つことができたじゃないの」メレディスは娘の青白い小さな顔にかかった髪をそっとかきあげ、耳にかけてやった。「自分のことを、ラッキーな女の子だと思わない？　あなたを愛している両親を二組も持てたのよ」

キンバリーの表情がはっきり見て取れるほど明るくなった。だが、すぐにまた曇った。「さっき、あなたとニック叔父さんはどなり合っていたわ」

「いいえ」メレディスは口元に笑みをたたえたまま、首を振った。「ニックは過去を思い出せないことに、私は彼にすべてを説明しなければならないことに、それぞれいらだっていたの。でも、もう解決したわ」メレディスは同意を求めるように、ニックの顔を見あげた。「そうよね、ニック？」

「ああ。問題はすべて解決したんだよ、キンバリー」ニックは娘を安心させるように言った。

キンバリーは上半身を起こし、ニックの目を見つめた。「叔父さんはまたメリーに恋したの？」彼女は率直に尋ねた。

メレディスは固唾《かたず》をのんだ。ニックは彼女の方を見た。その顔にはあまりにも多くの感情があふれていて、彼がなにを伝えようとしているのか、読み取るのは困難だった。許しを求めているのだろうか？　それとも、理解を求めているのだろうか？　困った立場に追いこまれた苦悩を訴えているのだろうか？

「僕は彼女のことをずっと愛していたんだよ。記憶を失ってからも、夢に現れる彼女は僕の心をとらえて離さなかった」

まさか！　それは本当なの？

「それじゃ、メリーと結婚するつもり？」

なんと子供らしい単純明快な論理だろう！　ニックに逃げ道はなかった。娘の苦しみをなんとかやわらげようとして口にした言葉が嘘《うそ》ではないと、認めざるをえない状況に追いつめられていた。

ニックはメレディスの目を見つめたまま、視線をそらさなかった。その目は彼女の答えを切望していた。「彼女が僕を受け入れてくれるならね」

キンバリーが振り向いた。期待に満ちた目をしている。「メリー？」

メレディスは立ちあがった。自分の決断の重さに脚が震えた。二人の目は、今すぐ答えることを求めている。メレディスの心臓は激しく打っていた。彼女はイエスと答えたかった。だが、こういう有無を言わせない状況でなされた質問に、そう答えることがはたして正しいことだろうか？　そんなことは問題じゃないわ、とメレディスは自分に言い聞かせた。もしニックが私たちの娘のために本当に望んでいるのなら、なぜためらう必要があるの？

「ええ」メレディスはきっぱりと答えた。

キンバリーがニックの膝から勢いよく飛びおりると、メレディスに抱きついた。「あなたとニック叔父さんが結婚してくれたらいいのにって、私、夢見ていたのよ、メリー。そうすれば、二人といつも一緒にいられるって」

ニックは椅子から立ちあがった。肩に背負っていたはかり知れない重荷を下ろしたばかりのような晴れ晴れとした顔で。たとえ彼が今新たに引き受けた責任を少しでも負担に感じていたとしても、そんなそぶりはみじんも見せなかった。ニックからは自信がにじみ出ていた。あたかも自分の世界を再び支配下に置いたように。

ニックは感謝に満ちたまなざしをメレディスに向

け、やさしく自分の娘の肩を抱き締めた。「そのニック叔父さんという呼び方はやめないとね、キンバリー。ニックだけでいい。メリーと同じように」

「そうよね！」キンバリーはニックの方を振り向くと、にっこりした。「わかったわ、ニック」

ニックはほほえみ、キンバリーの頰を軽くたたいた。「さあ、ベッドに戻りなさい。明日はクリスマスだよ」

「それに、ニックはメリーと仲直りのキスがしたいんでしょう？」キンバリーはませた口ぶりで言った。

「そのとおりだ」

キンバリーはくすくす笑った。

メレディスは、実の両親との生活が保証されたことで、娘が見る間に生き生きとしたことに驚いた。

「楽しい夜をね、ニック叔父さん、じゃなくて、ニック」キンバリーはメリーにもほほえみかけた。

「それじゃ、おやすみなさい」

「楽しい夢を見るといい」ニックがやさしく言った。

「そう、楽しい夢をね」メレディスも同じ言葉をかけた。自分の長年の夢が本当に実現することを願いながら……。

キンバリーははずむような足取りで歩いていき、ドアのところでちょっと立ちどまると、二人の方を振り返ってもう一度にっこりした。瞳を星のようにきらきら輝かせて。「メリークリスマス」彼女はいたずらっぽく叫んだ。それから、廊下を歩いていきながら、楽しそうにクリスマスソングを歌う声が聞こえた。

17

キンバリーの歌声が廊下を遠ざかっていったとき、ニックが両手をメレディスの腰にかけ、自分の方に向かせた。メレディスの心臓は早鐘を打っていた。不安と興奮が胸の中でせめぎ合っている。

「ありがとう」ニックは静かな声で言った。「キンバリーを産んでくれて。娘を与えてくれて感謝している。でも、なによりも、君が僕を待っていてくれたことに感謝しているよ、メリー」

「ニック！」メレディスの全身に安堵《あんど》感が広がった。彼の声にははっきりと愛情が感じ取れた。「ごめんなさい、今まであなたに隠していて。私は……」

「いいんだ……」ニックはメレディスの唇に指を当て、後悔の言葉を口走りそうになっていた彼女を黙らせた。「僕が間違っていた。君があやまることなどまったくない」彼の手が顎から首筋へと下りてきて、うなじを撫《な》でた。「僕こそ、君を置き去りにするようなことをして、後悔している」

動悸《どうき》がしだいにおさまり、メレディスはなんとか泣き笑いのような笑みを浮かべた。「でも、少なくとも今の私は、若すぎることはないわ」

ニックの顔に苦痛の色が浮かんだ。「昔の君がどんなだったか、覚えていないけど、分別を忘れさせるほど熱烈な恋もあるさ。デイヴに言われたよ。もし僕がサーフィンに気持を集中していたら、あんな事故は起こらなかっただろうって。たぶん、僕は君のところへ戻りたいと思っていたんだろう。夢が語っていたのもそういうことだったんだと思うよ」

ニックが夢について語るのは二度目だった。メレディスは興味をそそられた。「その夢って、どんなものなの？」

皮肉っぽい微笑が、ニックの顔から苦痛の色を消し去った。「ゆうべとほとんど同じさ。君が海岸で待っているんだ、海の方を向いてね。君は決して口をきかないけれど、君が僕を呼んでいるのはわかっている。僕が近づいていくと、君はくるりと振り返るんだよ、喜びに輝く顔でね。まるで僕の足音が聞こえたかのように」ニックはため息をついた。「でも、そこで僕の脚が動かなくなってしまうんだ。僕は絶望的な思いで、その場に突っ立ったまま、君の姿が消えていくのを見守っているしかない」

「不思議ね」メレディスはつぶやいた。「ときどき、とくに海岸を散歩したあと、夜、なかなか寝つかれないことがあったわ。そんなとき、あなたのことを思い出しながら暗闇《くらやみ》の中に横たわって、心の中であなたに呼びかけていたのよ、ニック」

二人はしっかりと見つめ合った。時間と空間を超え、魂と魂が求め合うように。

ニックは悲しそうに瞳を曇らせ、ため息をついた。

「君の呼びかけに応《こた》えるすべを知っていたら、と思うよ。でも、実の母親に会いたいというキンバリーのおかげで、君をさがし出せた……」

「キンバリーはほんとにいい子だと思わない？」

ニックはほほえんだ。「母親によく似ている」

「父親にもね。あの子の髪は父親ゆずりだわ……」

「瞳は君ゆずりだ」

ふつふつとわいてくる幸福感に、メレディスは思わず笑い声をたてた。「私たち、あの子の両親になれるなんて、すばらしいと思わない？　奇跡だわ。ああ、ごめんなさい！」メレディスはデニーズとコリンのことを思い出し、ひるんだ。「そんなつもりで言ったんじゃ……あなたのお姉様ご夫婦の身に起きたことを喜んでいるわけじゃないのよ、ニック。ただ……」

「わかってるさ」ニックはメレディスを引き寄せ、その温かい胸に抱き締めた。「キンバリーにあんなふうに言ってくれるなんて、君の寛大さに感謝してるんだ。姉の利己的な判断を考えればね」

「利己的だなんて、そんなことはないわ」メレディスは急いで否定した。現在があまりにも幸せすぎて、ほかのことはどうでもよかった。「あなたのお姉様はあなたのためを思って……あなたに成功してほしいと思っていらしたのよ」

ニックは首を振った。「僕のために姉が願っていたことで、僕が願っていたことじゃなかったんだ、メリー」

「でも、おかげであなたは仕事で成功をおさめたわ」メレディスはニックを説き伏せようとした。彼とキンバリーに多くのものを与えてくれた女性に対して、悪い感情を抱いてほしくなかった。「あなたはそのことに満足しているはずよ。あなたが自分の仕事を気に入っていることはわかってるわ」

「君も〈フラワー・パワー〉を大成功させた。その仕事は、僕たちが失ったものの埋め合わせをしてくれたかい？」

メレディスはニックの首に両腕を巻きつけた。「もう過ぎたことよ、ニック。失ったものを嘆いて今をむだにするのはやめましょう。この先、私たちには楽しいことがたくさん待ってるわ」

ニックの表情がやわらいだと思うと、ふいに笑みが浮かんだ。キンバリーと同じように瞳がきらきら輝いている。「結婚式の花は自分でアレンジしたらいい」

メレディスは胸が高鳴るのを感じた。「結婚式をあげるつもりなの？」

「もちろんさ」ニックは熱をこめて答え、それから声をたてて笑った。「もし結婚式をあげなかったら、キンバリーに、ぐずな間抜けって責められるよ」

「あなたは本当に私と結婚したいの？」

「疑っているのかい？」

今は疑っていなかった。でも、ニックをからかうのは楽しかった。「まあ、少なくとも、キンバリーに無理やり結婚するように仕向けられたという感じはするわね」メレディスはいたずらっぽく言った。

「まさか、本気で疑っているんじゃないだろうね、メリー？」ニックは熱っぽい目で彼女の目をさぐるように見た。

メレディスはほほえんだ。「疑ってなんかいないわ。あなたは私をメリーと呼んでるもの」

「前からそう呼びたかったんだ。ぴったりの愛称だと思ったから。でも、それは君の恋人専用の愛称だと思っていたし、そう呼ぶことで、君に昔の恋人を連想してほしくなかったんだよ」

「あなたがメリーと呼んでくれないのは残念だったけど、それでも私はずっとあなたのことを愛していたわ」メレディスはやさしく言った。

「メリー……」ニックは言葉につまった。彼は顔を近づけ、唇でメレディスの唇をゆっくりとなぞった。メレディスは、現実に存在する自分の体の隅々まですべて味わいたいという彼の強い欲望を感じ取った。

「僕のベッドで一緒にやすもう」ニックはささやいた。「一晩中、君といたいんだ」

最高にすばらしい考えだった……二人きりだったら。「キンバリーのことを考えたら、よくないんじゃない？　もし明日の朝、私たちが同じベッドにいるところを見られたら……」

「彼女の幸福をいっそう確かなものにするだろう」ニックは自信をもって言った。「キンバリーは、僕たちの結婚が遅すぎたと思っている」

メレディスはため息をついた。「あなたのほうが私よりもキンバリーのことをわかっているのね」

ニックはほほえみながら、家の中へ入ろうと彼女の体を引き寄せた。「すぐに追いつくさ。なにしろ君には、女どうしという強みがあるからね」

メレディスは笑い声をあげながら、ニックのウエストに腕をまわしてぴったりと寄り添い、ドアの方へ歩きだした。「キンバリーと一緒にいるときのあなたはとってもすてきよ、ニック。あなたたちを眺めているのは、ほんとに楽しいわ」

ニックはメレディスのこめかみに、そっとキスをした。「キンバリーは君の分身だ。それがはっきり感じ取れたんだと思うよ。彼女は僕にとって、ずっと特別な子供だった」

特別……。

ニックも特別だった。二人の娘も特別だった。二人がお互いに抱いている感情も特別だった。そして今年のクリスマスは、最高にすばらしい、特別なものになるに違いなかった。

18

「もう一つプレゼントがあるのよ」キンバリーが言った。メリーとニックが驚くことを期待して、目を輝かせている。

なにを隠し持っているのだろうかと、ニックはいぶかった。クリスマスツリーの下に積みあげられていたプレゼントは、三人によってすべて開けられ、包み紙が床に散乱している。

「でも、もうなにも残っていないわ」メリーが指摘した。

キンバリーが笑い声をたてた。「ゆうべ、思いついたの。なんだか当ててみて」

「〝二十の扉〟ゲームで当てさせてくれるかい？」

ニックは幸せに満ちた陽気な声でからかった。

ニックは今までの人生でこれほどの幸福感を味わった覚えがなかった。三人はクリスマスの装飾に包まれて、居間の絨毯《じゅうたん》の上に腹這《はらば》いになっていた。外は快晴だった。彼の世界はすべて申し分なかった。

「動物、無機物、それとも野菜？」ニックは自分たちの本当の関係を知った喜びを改めて噛《か》み締めながら、娘に問いかけた。

「ものじゃなくて、考えよ」キンバリーがすまして答える。

ニックは目をくるりと動かした。「それじゃ、降参だ」

「私もよ」メリーが首を振りながら言った。「考えなんて、つかみどころがないわ」

「絶対当てられないってわかってたわ」キンバリーは得意そうに歓声をあげた。「私、ＰＬＣへ行くことに決めたの。寄宿生としてね。そうすれば、二人水入らずで過ごせる時間ができるわ、メリー。ほんとの長いハネムーンみたいに、二人だけでね」

「まあ！」メリーは赤くなった。今朝、同じベッドにいる二人を見つけたときのキンバリーのうれしそうな顔と、そのときの照れくささがよみがえってきた。「それはすてきな考えだわ、キンバリー。でも、あなたは本当にそうしたいの？」

「週末には二人と過ごせるってわかってるから、平気よ。同じ年ごろの女の子たちとの生活も、きっとにぎやかで楽しいと思うわ」

「本気なのかい、キンバリー？」ニックは尋ねた。自分たちに対する娘の心づかいにほろりとしながらも、今感じている家族の強い一体感を失いたくないという思いもあった。

「もちろん、本気よ！」キンバリーはきっぱりと答えた。「メリーにＰＬＣにふさわしい服を買いに連れていってもらえるし、週末に家に戻ったら、学校や寄宿生活のことをいろいろ話してあげられるわ」

ふいに彼女は眉をひそめた。「ただ、一つだけ気になることが……」

「いつだって考えを変えていいんだよ」ニックは促した。

「そうじゃなくて、ミセス・アームストロングのことなの。彼女はとってもやさしい人よ。私の面倒をよくみてくれたわ。彼女を失業させたくないの」

ニックは娘を誇りに思う気持がこみあげるのを感じた。「ミセス・アームストロングのことは心配しないでいいよ、キンバリー。なにか彼女にとっていい方法を考えよう」

キンバリーの顔にほっとしたような微笑が広がった。「よかった。ミセス・アームストロングは孫の誕生をずっと心待ちにしているのよ。娘さんも子供を欲しがっているそうなんだけど、まだできないんですって」

子供か……。ニックはそう思いながら、メリーの方を見た。今朝早く二人で交わした会話が思い出された。二晩愛し合いながら、避妊のことなどまったく頭になかった彼に、メリーが尋ねたのだ。もう一人子供ができてもかまわないの、と。まるでニックが、子供ができたら困るとでも思っているかのように！

メリーと視線が合った。メリーの目に浮かんだやさしい笑みから、彼女もまた今朝の会話のことを考えているのがわかった。クリスマスベビー――キンバリーと同じだ。でも、もし子供が授かったら、今度はその誕生を見逃すまいと、ニックは決心していた。彼は手を伸ばして、メリーの手を握った。出産につき添うことを無言で約束するように、ぎゅっと力をこめて。

「いい考えがあるわ！」キンバリーが明るい声をあげ、二人の注意を引いた。「赤ちゃんを作ったらいいのよ。ミセス・アームストロングが大喜びで世話してくれるわ」

娘の口から飛び出した思いがけない提案に、二人は驚いた。「僕たち二人の気持がどうしてわかったんだい、キンバリー？」ニックは尋ねた。

「ほんと？」キンバリーは興奮して甲高い声をあげた。

ニックは笑い声をたてた。「ああ。ほんとだとも」

キンバリーは手をたたいた。「私、ずっと妹か弟が欲しいと思っていたの」期待に瞳がきらめいている。「もし二人がそのつもりですぐ努力したら、来年のクリスマスにはもう一人家族がふえるわ」

メリーは顔を紅潮させて、朗らかな笑い声をあげた。

まさに〝聖家族〟だ、とニックは思った。これ以上すばらしいことがあるだろうか？

「でも、赤ちゃんのものを買いに行くときは、私も連れていくって約束して」キンバリーは母親に要求した。「それは実の母親の役目だけど、私もそれに加わりたいの」

実の母親……。

キンバリーは、実の母親と一緒にいられるのがうれしくてたまらないのだろう。

メリーの言うとおりだ。僕たち親子三人が一緒になれたのは、奇跡なのだ。

ニックは愛する女性の美しさにうっとりと見とれた。本当に、心の中に世界中のクリスマスツリーの明かりが一度にぱっとついたような気がした。

僕のメリークリスマス。

いや、僕とキンバリーのメリークリスマス。

そして、親子三人の特別なメリークリスマス。

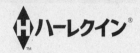

ハーレクイン・イマージュ　1999年12月刊（I-1300）

三人のメリークリスマス
2024年6月20日発行

著　　者	エマ・ダーシー
訳　　者	吉田洋子（よしだ　ようこ）
発 行 人	鈴木幸辰
発 行 所	株式会社ハーパーコリンズ・ジャパン 東京都千代田区大手町 1-5-1 電話 04-2951-2000（注文） 0570-008091（読者サービス係）
印刷・製本	大日本印刷株式会社 東京都新宿区市谷加賀町 1-1-1
装 丁 者	sannomiya design
表紙写真	© Valuavitaly, Info11778, Stephanie Zieber, Haywiremedia | Dreamstime.com

ISBN978-4-596-63516-7 C0297

6月28日発売

ハーレクイン・シリーズ 7月5日刊

ハーレクイン・ロマンス

愛の激しさを知る

秘書は秘密の代理母	ダニー・コリンズ／岬　一花 訳	R-3885
無垢な義妹の花婿探し《純潔のシンデレラ》	ロレイン・ホール／悠木美桜 訳	R-3886
あなたの記憶《伝説の名作選》	リアン・バンクス／寺尾なつ子 訳	R-3887
愛は喧嘩の後で《伝説の名作選》	ヘレン・ビアンチン／平江まゆみ 訳	R-3888

ハーレクイン・イマージュ

ピュアな思いに満たされる

捨てられた聖母と秘密の子	トレイシー・ダグラス／仁嶋いずる 訳	I-2809
言葉はいらない《至福の名作選》	エマ・ゴールドリック／橘高弓枝 訳	I-2810

ハーレクイン・マスターピース

世界に愛された作家たち
〜永久不滅の銘作コレクション〜

あなただけを愛してた《特選ペニー・ジョーダン》	ペニー・ジョーダン／高木晶子 訳	MP-97

ハーレクイン・ヒストリカル・スペシャル

華やかなりし時代へ誘う

男爵と売れ残りの花嫁	ジュリア・ジャスティス／高山　恵 訳	PHS-330
マリアの決断	マーゴ・マグワイア／すなみ　翔 訳	PHS-331

ハーレクイン・プレゼンツ作家シリーズ別冊

魅惑のテーマが光る
極上セレクション

蔑まれた純情	ダイアナ・パーマー／柳　まゆこ 訳	PB-388

※予告なく発売日・刊行タイトルが変更になる場合がございます。ご了承ください。